方方 —— 著

中国当代文学插图研究

文物出版社

图书在版编目（CIP）数据

中国当代文学插图研究／方方著.—北京：文物
出版社，2019.12
  ISBN 978 – 7 – 5010 – 6330 – 7

  Ⅰ.①中… Ⅱ.①方… Ⅲ.①中国文学—当代文学—
插图（绘画）—研究 Ⅳ.①I206.6

  中国版本图书馆 CIP 数据核字（2019）第 232399 号

中国当代文学插图研究

著　　者：方　方

责任编辑：宋　丹
封面设计：刘　远
责任印制：张　丽

出版发行：文物出版社
社　　址：北京市东直门内北小街 2 号楼
邮　　编：100007
网　　址：http：//www.wenwu.com
经　　销：新华书店
印　　刷：宝蕾元仁浩（天津）印刷有限公司
开　　本：710mm×1000mm　1/16
印　　张：10
版　　次：2019 年 12 月第 1 版
印　　次：2019 年 12 月第 1 次印刷
书　　号：ISBN 978 – 7 – 5010 – 6330 – 7
定　　价：150.00 元

序

方方在中央美术学院版画系上一年级时，我已经毕业了。后来，她来到了北京印刷学院，我们成为同事，一直到现在，认识的时间已经很长。其间我们一直在美术系出版绘画工作室工作，工作室的教学主要是和插图打交道，方方在美院上学时学的就是插图，导师是著名插图画家高荣生先生，因此，这里的教学非常适合她，她的能力也得到了充分的施展。

方方热衷文学插图，擅长木刻、水彩等表现技法，出版绘画工作室的重头课《插图基础》《插图创作》都由她来教授。她在课程设置和教学中延续了高荣生教授的观点：插图是一个跨学科的专业，要重视"图"和"文"之间的关系，因此，插图教学兼具文科的性质。根据这一思路，她主讲的《插图基础》课程包括"黑白画""专业色彩""人物形象塑造"和"短语的视觉传达"四个部分，都是非常适合于插图专业特性的内容。而《插图创作》则从案头工作讲起，再到文本解读和再造思维的专门训练。两门课程衔接紧密、科学而又实用。方方的教学很严谨，与学生的关系也很融洽，课程上得有声有色，深受同行和学生的好评。她总不满足于已有的研究成果，经常更新教学内容，像这次，她写的这本《中国当代插图研究》便是例证。

《中国当代插图研究》主要介绍新中国成立初期的文学插图，1949 至 1966 年也是中国当代插图史上的一个黄金时期。这本书不仅对这十几年间的文学插图做了多方面的探讨，还对有代表性的画家和名作进行比较详细的分析，如孙滋溪的《林海雪原》插图、古元的《灵泉洞》插图、彦涵的《王贵与李香香》插图、贺友直的《山乡巨变》连环画、四川版画家集体创作的《红岩》插图等，还有对一些画家如张光宇、黄永玉、张乐平、华君武、伍必端、吴静波、章桂征等的分析，虽然没有做专门研究，但也言之有物。总的说来，这部著作图文并貌，可以使读者对 20 世纪五六十年代的中国文学插图有一个大概的了解。我个人比较认同她对于中国当代插图的看法，20 世纪五六十年代是我国出版事业蓬勃发展的时期，出版物中的插图受到很高的重视，极大地带动了当代文学插图的发展。这一历史阶段，名家广泛参与插图创作，经典作品很多，不仅技法娴熟，而且面貌多样，作品普遍具有很强的思想性、艺术性和民族性，深刻地体现着国人对于那个时代的集体记忆和情绪。这本书不仅帮助我们了解了一段历史，而围绕文学插图艺术全方位的探讨，也会对今天插图创作产生一定的启示和借鉴作用。

杨大禹

北京印刷学院教授、副院长，中国美协插图装帧艺术委员会委员

前　言

插图是书籍的重要组成部分，对于服务人们的精神需要、愉悦身心、陶冶情操具有重要作用。插图自诞生之时起，便与相应的文本为伴，作为文字内容的浓缩与增容，并且运用视觉语言的再创作，来完成自身价值的体现。中国古代插图有过灿烂的历史，尤其值得注意的是，古代插图的表现语言受到了中国传统绘画造型方式的深刻影响，可以说，离开对中国绘画艺术的理解，是无法对古代插图进行分析研究的。中国的插图从早期的释文劝诫（图解），逐渐过渡到具有独立的欣赏价值，并且在社会生活中发挥着独特的作用：以视觉图像的形式承担官方的教化功能和作为艺术商品在市场上流通。这其中，文学插图由于和士大夫精英群体的密切联系，成为古代插图中最具有艺术性和思想性的部分。

古代插图的发展，到了晚清时期，由于西方文明的进入，出现了根本性的变化。首先，文学的创作者由士大夫群体变成经受过近现代教育的职业作家，随着近代的教育机构和新闻出版体系逐渐形成，文学插图的创作群体也经历了由古代的匠人画师到现代社会中的插图艺术家的身份转变。中国当代文学插图还不可避免地受到世界各国艺术的影响，中国的几代插图艺术家在插图形式的革新、插图如何融合本民族传统文化方面，做出了宝贵的探索。必须指出的是，当代中国的文学与插图一样，与社会环境的变化紧密相连。20世纪上半期，进步文艺成为时代的主流，"为艺术而艺术"逐渐过渡到为民众启蒙、为救亡图存和为社会进步而艺术。《延安文艺座谈会上的讲话》确立了艺术为人民群众服务的创作原则，从根本上指明了插图的发展方向。从1949年中华人民共和国成立开始，到20世纪70年代，这期间的插图作品延续了对苏联、东欧、拉美等国家优秀作品的吸收借鉴。同时，老一辈插图画家也很注重与本民族文化的结合，特别是向传统艺术、民间艺术和少数民族艺术学习，逐渐形成了既吸收传统绘画精华，又符合现代社会欣赏习惯，具有中国审美特色的插图艺术创作体系。

改革开放以来，国家经济发展突飞猛进，图书出版事业呈现出繁荣昌盛的局面。插图艺术也取得了前所未有的进步，主要体现在艺术观念、表现语言、载体和功能上，都呈现出新时代的特征。但是，也有一些插图作者对于中国文化缺乏了解和自信，反映在文学插图中即是媚外之风蔓延，丧失了自己的特点。在当前信息媒体空前发达的社会，更需要我们确立自己鲜明的艺术归属，在文化传播中，坚持自己的审美品格，使中华民族的优秀文化传统得到振兴。文学书籍是具有功能性及视觉审美要求的文化产品，在考虑到人民大众的接受程度的同时，也要坚持插图作品的高品质和高追求，发挥创作者艺术个性，创作出既具有民族传统，又符合现代社会审美的插图作品。

本书将主要对当代文学插图中的优秀作品进行考察，考察的对象也包括为"五四运动"之后的进步文学和革命文学所配的插图，主要涉及新中国成立以后的社会主义文学插图。其中的特殊之处在于，插图画家除了对这些文学作品相当熟悉之外，有不少人还是作品所描写事件的见证者和参与者，并且与文学作者存在不同程度的交流。这无疑为我们提供了不可多得的历史文献价值。插图的文科性质，决定了它不仅仅是艺术史和图像学层面的研究，而有可能涉及语义、叙事、表演、民俗等多个领域。本书考察的范围包括创作内容、创作手法、创作者和创作观念，考察方法上则以文本考察、图像分析和图文参照为主，希望建立起兼具个案研究和宏观认识的整体构架，并且给将来的插图研究提供一些帮助。

目　录

第一章

文学插图创作概述

概述

　　插图，顾名思义就是插在书中的图画。词典中插图的标准含义为"插在文字中间帮助说明内容的图画"[1]，或者"书刊文字里加插的图画。能突出主题思想，增强艺术感染力。如文学作品中的插图"[2]。都点明了插图的功能是辅助阅读。自古以来，插图这种具有实用性的绘画种类就受到重视，《书林清话》中说："吾谓古人以图、书并称，凡有书必有图。"[3]插图的重要性可见一斑。随着时代的发展，插图作为一种艺术类别，得到了深入的认识和细致的研究，根据文章体裁的不同，插图被划分为文学插图、商业插图、人文社科及科技插图，体裁不同，插图的创作方式也不同[4]。这其中，文学插图是依附于文学作品，以画面作为记述工具，形象化地反映文字内容的艺术，包括小说、诗歌、散文、戏剧和影视文学的插图。和其他插图相比，文学插图在创作思维、语言表达形式和艺术表现力上的要求最高，插图需与文学艺术相匹配，因此具有了文科的性质，由于这些特点，文学插图的创作难度当属最大。从插图史上看，文学插图的水准其实反映的是各民族对待文学的态度。

1.商务国际辞书编辑部：《商务国际现代汉语词典》（彩色插图本），北京：商务印书馆国际有限公司，2014年，第105页。

2.新华词典编纂组：《新华词典》，北京：商务印书馆，1981年，第86页。

3.叶德辉：《书林清话附书林余话》，扬州：广陵书社，2007年，第153页。

4.高荣生：《插图全程教学》，北京：中国青年出版社，2011年，第204页。

第一节　中国当代文学插图的发展

　　插图即是插在文字中间帮助说明内容的图画，因此，插图与文字在内容上是互补的关系，二者相得益彰。从这个意义上讲，具有插图性质的图画可追溯至两千多年以前的帛书，出土于湖南长沙子弹库楚墓的楚缯书四周绘神怪图像，中间书写两段方向互相颠倒的楚文字，图文并茂，具有图解的性质；长沙马王堆西汉墓也出土了几幅图文并举的帛书，同样具有插图的意味，如《太一将行图》《天文气象杂占》。《天文

气象杂占》中有多幅"彗星图",描绘了彗星的形态,开启了中国古代科普读物插图的先声。我国的汉画像石中也蕴含着图文关系,画像石所表现的内容十分丰富,天文、地理、历史、现实、神话无所不包,很多画面都带有榜题,用来解释画面,如著名的武梁祠。武氏石祠中根据西汉刘向著《列女传》所绘的石刻画像("梁高行""秋胡妻""鲁义姑姊""楚昭贞姜""梁节姑姊""齐义继母""京师节女""无盐丑女钟离春"等)具有插图的特征,巫鸿认为:"这些图像是中国艺术史上最早、最完整的一套《列女传》插图。"[5](图1-1)此外,图文关系也见于卷轴画与壁画中,例如东晋顾恺之依据曹植《洛神赋》而作的《洛神赋图》和劝诫妇女德行的《女史箴图》《列女传·仁智图》,以及敦煌莫高窟的北朝绘画等等,

上述作品被认为具有插图的性质,因此被划分在插图的研究范畴之内。造纸术的发明和改良不仅促进了书籍的生产,也促进了手抄本插图的发展,遗憾的是,这类手抄本插图流传下来的已不多见。雕版印刷术的发明对于插图的普及起到了决定性的作用[6],真正意义的出版物插图便是从唐代以后发展起来的。唐和五代的插图大多是佛教故事图,主要描绘佛祖释迦牟尼的传记,如"说法图""经变图"等,都是根据佛经而绘制,对经文进行解释,例如在敦煌发现的我国现存最早的木刻插图——唐懿宗咸通九年(868年)的《金刚般若波罗蜜多经》卷首扉页画,还有五

图1-1 梁高行的故事,武梁祠画像石。(摘自《武梁祠——中国古代画像艺术的思想性》,图版第272页)

5. 巫鸿:《武梁祠——中国古代画像艺术的思想性》,北京:生活·读书·新知三联书店,2006年,第271页。
6. "从雕版印刷术发明以来,真正意义的出版物便出现了。"高荣生:《插图全程教学》,北京:中国青年出版社,2011年,第3页。

图1-2 《金刚般若波罗蜜多经》扉页画。(摘自《中国版画史图录一》,图版第9页)

图1-3 《大圣毗沙门天王像》。(摘自《中国版画史图录一》,图版第15页)

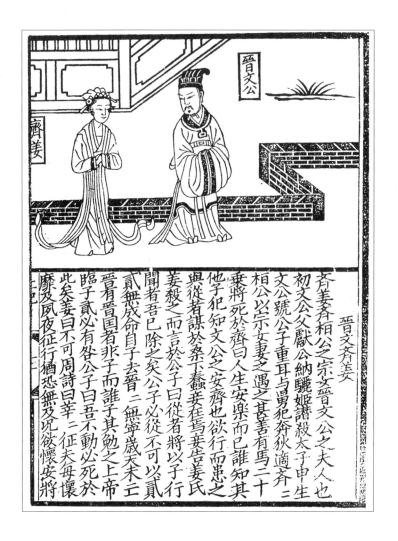

代刻印的《大圣毗沙门天王像》《普贤菩萨像》等佛经插图（图1-2、图1-3）。五代以后，插图的表现内容越来越宽广，从宗教题材逐渐扩展到其他类别的书籍中。文学与插图的大规模"联姻"出现在宋代。宋代是我国教育、科技、文化十分发达的朝代，此时雕版印刷的发展更为兴盛，不仅刻书数量庞大，品质也十分优良[7]。最为重要的是，由宋至元，出版印刷业开始更多地面向通俗文学，不仅为当时的读者普及小说，还创作了许多宋版插图，今天可见的有北宋嘉祐八年（1063年）福建建安余氏靖安勤有堂刻《列女传》，版式为上图下文，线条清晰流畅，气质优雅古朴（图1-4）。元

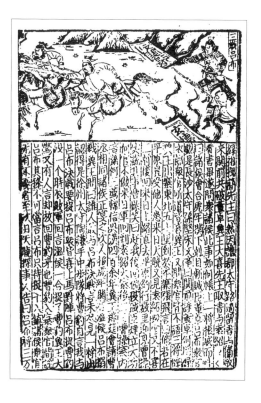

图 1-4 《列女传》，宋建安余氏靖安勤有堂刻。（摘自《中国版画史图录 一》，图版第69页）

图 1-5 《新刊全相三国志平话》，元建安虞氏刻本。（摘自《中国版画史图录 一》，图版第117页）

7. "估计宋代刻本当有数万部，明权相严嵩被抄家时，中有宋版书籍六千八百五十三部。""宋刻书不但内容佳，外表亦美，书法精妙，镌工精良，纸质坚润，墨色如漆，蝶装黄绫，美观大方，开卷即有墨香、糊香，前人多有称道……"张秀民：《中国印刷史》（上），杭州：浙江古籍出版社，2007年，第44、133页。

8. "该书上图下文，一面之中，文占近三分之二，图占三分之一稍多，图中有小标题，图中人物多著出名字。……这套平话，由于插图多，可谓是一种版画集册，五种平话总计228幅图，绘刻的场面较大，能突出主要人物。情节概括，清清楚楚，而且偏重于'说明性'……"王伯敏：《中国版画通史》，石家庄，河北美术出版社，2002年，第40页。

9. "明代刻书特点：一、雕版印刷特别兴盛；二、版画精美；三、有蓝印、套印、彩印；四、各种活字版的流行。"张秀民：《中国印刷史》（上），杭州：浙江古籍出版社，2007年，第241页。

代英宗至治间（1321—1323年）刊印的建安虞氏刻本《全相平话五种》（插图刻工署名"樵川吴俊甫、黄叔安"），是我们能够见到的最早的讲史话本，这五种平话还附带上百幅插图，以上图下文的形式呈现出来，图文互补，深刻地影响了后来的书籍插图形式（图1-5）。插图使文学作品更加直观易懂，也促进了通俗读物的繁荣[8]。印刷术发展至明代，已经十分发达，对于小说的传播普及起到了至关重要的作用。明代刻书业有一个显著的特点就是插图量多且精[9]。明代徽州、金陵、武林、吴兴、苏州各地

图1-6 《李卓吾先生批评忠义水浒传》，明容与堂刻。（摘自《中国古籍插图精鉴》，图版第367页）

的书籍插图精美绝伦而又风格各异，市场上的戏曲、小说、文集等刻本，几乎到了无书不图的程度。明刊小说中的版画插图或位于卷首，或插于文中，有上图下文式，也有单面式，还有双面甚至跨页连式，体现出对插图空前的重视。插图用形象生动的视觉语言在文字之外作了补充，从而更好地适应了各个层次读者的需求。我们今天所见的建阳郑少垣刊《新锲京本校正通俗演义按鉴三国志传》、杨春元刊《重刻京本通俗演义按鉴三国志传》、金陵万卷楼刊《新刊校正古本大字音释三国志通俗演义》、刘君裕刻《忠义水浒全传》、容与堂刻《李卓吾先生批评忠义水浒传》、陈洪绶绘稿《水浒叶子》、建阳刘永茂刊《唐三藏西游释厄传》、金陵世德堂刻《新刻官版大字西游记》、苏州叶敬池刊《李卓吾先生批评西游记》、黄子立刻《新刻绣像批评金瓶梅》、金陵兼善堂刊《警世通言》、尚友堂刊《二刻拍案惊奇》插图，都是其中的佼佼者，不仅较好地体现了原著的精神，还可以看出画家自己的艺术处理（图1-6）。明代有一些杰出的画家参与到插图创作中来，像丁云鹏、崔子忠、萧云从、陈洪绶等，为明代插图的繁荣做出了很大贡献。特别是陈洪绶，其人物画成就极高，也是明代最早有名望的插图画家，他的《九歌图》（黄建中刻）《水浒叶子》《西厢记》等，均表现出深厚的文学修养，艺术水准高超，代表着中国古代文人审美的最高境界，对现代插图画家也产生了深远的影响。清代版画插图承接了明代的兴盛，却又不及前朝辉煌，具有代表性的插图作品包括：《香草吟》《於越先贤像传赞》《晚笑堂画传》《红楼梦》等。《红楼梦》版本较多，最初为手抄本，有乾隆庚辰本、己卯本、甲辰本等。最早的《红楼梦》插图见于"程甲本"，共有二十四幅，是程伟元萃文书屋刊于乾隆五十六年（1791年）的木活字本，次年刊第二次活字本，称为"程乙本"，选刊十八幅。其后，《红楼梦》附插图的版本更多，图画水平参差不齐，有《绣像红楼梦》（图十五幅），道光十一年（1831年）凝翠草堂刊本；《新镌全部绣像红楼梦》（图六十四幅），道光十二年（1832年）刊本；《增评补像全图金玉缘》，光绪十五年（1889年）石印本；《增评补图石头记》（图一百四十幅），光绪年间悼红轩石印本等。清末甚至还出现了以小说《红楼梦》《三国演义》和《水浒传》为题材的版画集，大都具有较高的艺术水准。其中主要有改琦绘《红楼梦图咏》（图四十九幅）（图1-7），光绪五年（1879年）浙江杨氏文元堂刊本，月楼轩重刊本；王云阶绘《增刻红楼梦图咏》，光绪八年（1882年）点石斋石印本；王钊、吴嘉猷绘《红楼梦写真》（三十二回六十四图），光绪五年（1879年）云声雨梦楼石印本；无锡潘锦摹图，冯廉刻《三国画像》；广东臧

图 1-7 《红楼梦图咏》(史湘云), 作者:(清) 改琦。(摘自《中国古籍插图精鉴》, 图版第 946 页)

图 1-8 《剑侠像传》, 作者:(清) 任渭长。(摘自《中国版画史图录 五》, 图版第 244 页)

修堂刻本《绘图增像第五才子书》（《水浒》）[10]。任渭长是清代成就最高的插图画家之一，从他的《於越先贤像传赞》《剑侠像传》《高士传》等作品中，可以看到画家高超的人物形象塑造能力和富有个性化的审美特征（图1-8）。中国古代木刻插图有着辉煌的发展历程，正如鲁迅先生在《木刻纪程》小引的开篇中写道："中国木刻图画，从唐到明，曾经有过很体面的历史。"[11] 虽然近现代插图打破了古典插图形式单一的面貌，但是古典插图的表现语言和创作方法仍然得到了继承和发展，显示出强大的生命力。

与前代相比，清代出版印刷业的发展更具多元化的特点，特别是体现在印刷技术上，铜版和石版印刷的传入丰富了插图的面貌，使插图开始朝着表现语言多样化的方向上前进。晚清时期，闭关锁国的状态被打破，中国受到西方科技文化的全面影响，民智渐开，极大地促进了出版物的发展。出版社、报馆、翻译馆纷纷出现，特别是以商务印书馆、开明书店、鸿文书局、文明书局等民办出版机构的创立为代表，打破了我国古代出版印刷以官刻、坊刻、私刻为主的旧格局。就小说而言，市民阶层的需求引发了小说创作的兴盛和职业小说作者的涌现，外文翻译小说也被不断引进。晚清报刊杂志种类很多，有些刊物专门刊载小说，像清代的画报，就分为小说画报、景物画报和新闻画报三种，均为人工手绘、石版或木版刻印。由于小说的盛行，不仅书店林立，在北京和广州还出现了租阅小说的赁书铺[12]。清末民初，随着现代文学的兴起，一大批印有精美插图的小说出版发行，通俗小说开始进入图像阅读的普及时代。不过，此时的插图主要还是延续古典插图的形式，西方表现语言的影响比较有限。到了"五四"时期，新文学登上历史舞台，作家们在表达、传播新的观点的同时，也在不断尝试各种文学表现手法，不少风格迥异的插图逐渐成为小说文本不可或缺的组成部分，进入人们

10."到了清代末年，竟出现了三部以文学名著为题材的木刻图，一是改琦画的《红楼梦图咏》；二是无锡潘锦摹图，冯鐮刻的《三国画像》；三是广东藏修堂刻本《绘图增像第五才子书》（《水浒》）。"王伯敏：《中国版画通史》，石家庄：河北美术出版社，2002年，第151页。

11.李新宇、周海婴：《鲁迅大全集》（第8卷 创作编1934年5月-12月），武汉：长江文艺出版社，2011年，第130页。

12."因为小说盛行，在北京出现了租阅小说的赁书铺，如西城宫门口老虎洞永顺斋赁书铺，在书皮上列小字租阅规则，有墨图章，并有老虎为记，起到流通图书馆的作用。据外国人记载，清代广州也有这种租书铺，租阅《聊斋》、《三国》、《水浒》、《西厢记》等书。"张秀民：《中国印刷史》（下），杭州：浙江古籍出版社，2007年，第483页。

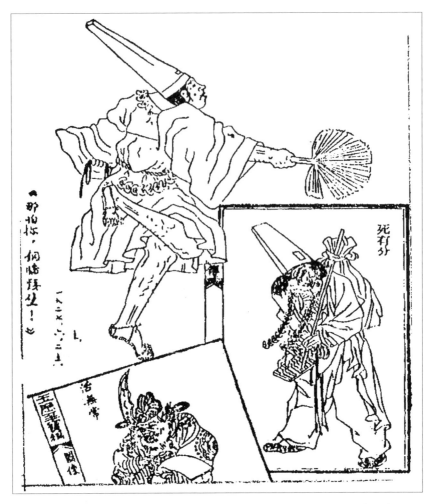

图1-9 《活无常》插图，作者：鲁迅。（摘自《中国现代美术全集 插图》，图版第5页）

的视野。这一时期是中国插图承前启后的重要时期，插图的题材和形式都出现了重要的变化，外来语言的影响日益加重，有不少著名画家甚至是作家也都参与到插图创作中，为插图新风格的出现做出了贡献。

我国现代插图的发展，与鲁迅先生的努力是分不开的，他的理论及实践活动，深刻地影响了中国现代插图艺术的面貌。新兴木刻时期，鲁迅先生看到当时出版界和木刻家们对书籍插图的作用认识不足的状况，便鼓励艺术青年投身插图创作，着眼于广大人民群众，占领这块具有大众性的阵地[13]。鲁迅先生不仅积极引介国外优秀的版画和插图作品，还指导插图作者的创作实践，他甚至亲自创作插图，显示出对插图艺术的格外重视。《活无常》是鲁迅为自己的《朝花夕拾》创作的插图，成熟而富有个性的线描造型体现出他对古典插图艺术的深入研究和偏爱（图1-9）。20世纪20年代到40年代，优秀插图作品不在少数，而且很多出自著名画家和作家之手，如闻一多创作的《清华年刊》专栏插图、《冯小青》插图（图1-10），叶灵凤的《残夜》插图、《幻象》插图，张爱玲的《金锁记》插图，刘岘的《虚狮伪凤》《野草》插图，徐悲鸿的《九歌》插图（图1-11），蒋兆和的《与阿Q像》插图，丁聪的《阿Q正传》插图，刘建庵的《童年》插图，黄永玉的《湘西民谣》插图等。20世纪三四十年代的插图艺术，还和民族解放事业紧密相连，在抗日救亡的大背景下，无论是国统区还是解放区，进步的美术家们都自觉配合抗战主题从事插图创作。特别是以延安为中心的解放区美术，在努力探索适合人民群众欣赏习惯的艺术手法上，取得了突出的成就。1942年《在延安文艺座谈会上的讲话》发表，号召木刻工作者们利用民间的文艺形式，把文艺更有效地普及到工农兵群众中去[14]。延安的美术工作者们响应号召，同时也为了适应抗战形势的需要，在插图和连环木刻画中采用群众喜闻乐见的表现形式，在解放区进行有效的普及，发挥了巨大的宣传教育作用。代表作有古元创作的《刘志丹的故事》插图、《周子山》插图，彦涵的《狼牙山五壮士》连环画，夏风、王式廓的《赵占魁》插图，力群的《小姑贤》连环画，刘旷的《白毛女》插图，林军的《黄金时节》插图以及罗工柳的《李有才板话》插图等等（图1-12）。这些插图、连坏画中的延安木刻风格一直延续到新中国成立以后，并且在新中国成立初十七年间的文学插图创作中占据一席之地。

新中国成立以后，文学插图艺术的发展进入了一个前

13. 鲁迅：《鲁迅杂文全编》（《"连环图画"辩护》），北京：人民文学出版社，2006年，第257页。以及"我国现代木刻，书籍插图和装饰还未得到大发展，其原因是出版界尚未认识到用版画装饰书籍和用作插图的好处，也没有培养出较多的书籍装饰和插图木刻家；另一个重要的原因，是木刻家还不大热心于作书籍装饰和插图，甚至错误地认为小巧精致的书籍插图，不得大幅版画之伟大而有意义……早在四十多年前，鲁迅便向艺术青年们指出版画艺术的发展前途，要广泛地向书籍插图进军。他说：'用版画装饰书籍，将来也一定成为必要，我希望仍旧不要放弃。'"王琦：《鲁迅论版画、插画、讽刺画和连环画的特点》《美术研究》1979年第1期，第49、50页。

14. 江丰：《回忆延安木刻》，《美术研究》1979年第2期，第2页。

所未有的兴旺时期。插图的繁荣，首先得益于出版事业的蓬勃发展。为了满足大众要求改变人民群众精神文化的需要，同时也为了更好地服务于时代，各地的出版机构纷纷成立，而书籍插图是社会主义文化事业的一个组成部分，又和广大人民群众的日常阅读联系在一起，在欣赏的同时还起到了熏陶、教化的

图 1-10 《冯小青》插图，作者：闻一多。（摘自《中国现代美术全集 插图》，图版第 7 页）

图 1-11 《九歌》插图，作者：徐悲鸿。（摘自《中国现代美术全集 插图》，图版第 10 页）

图 1–12 《李有才板话》插图，作者：罗工柳。（摘自《中国现代美术全集 插图》，图版第 17 页）

作用，所以受到国家的高度重视。于是，出版单位积极联系画家，组织和促进书籍插图的创作，推动装帧印刷的革新，使插图在出版物中大量涌现。此时，文学创作的机制形态呈现出迥异于此前时代的鲜明特征，插图艺术也不可避免地烙上了时代的印记；作为文字叙述的有益补充，插图在分担叙事功能、塑造人物形象、拓展表意空间等方面发挥了不可替代的重要作用。还应提到的是，新中国与苏联和东欧的文化交往最为密切，因此，苏联插图的影响也是不能忽视的。苏联文学插图有着深厚的传统和超凡的审美价值，在插图的文学性、表现语言的多样性和内容传达的深入程度上有着广泛的影响力。因此，插图界普遍认为，苏联对新中国文学插图艺术的影响是积极的，具有推进作用。从1949年到1966年，文学与插图创作的指导思想同样是毛泽东《在延安文艺座谈会上的讲话》的精神，普遍以描绘新中国的革命历史道路和建设社会主义新生活为主要内容，形成了当代文学插图史上的第一个创作高潮。这十七年间诞生了不少文学作品，普遍有插图画家参与其中，而参加插图创作的人员队伍较以往任何时候都更加壮大，包括著名国画家、油画家、版画家、漫画家以及各大艺术院校培养的专业人才，这些都带动了插图事业的快速发展，也为文学作品的精品化做出了不可忽视的贡献。

从20世纪50年代到60年代，优秀的文学插图作品如同雨后春笋般涌现出来，插图创作题材广泛，表现手法多种多样，在本土语言和外来语言的融合上已经相当成熟。在古

典文学文学插图创作领域，国画家群体是创作的主力，画家们运用线描、彩墨等传统语言描绘插图，做到原汁原味。比较有代表性的作品有程十发的《儒林外史》（图1-13）和《红楼梦》插图，王叔晖的《西厢记》《杨门女将》《梁山伯与祝英台》等连环画，刘继卣的《大闹天宫》《中国民间故事选》插图，夏同光的《玉仙园》插图等等。在中国现代文学插图领域，国画、油画、版画、漫画或其他画种的创作都非常活跃，"洋为中用、古为今用"在这一领域的插图艺术中得到了最好的诠释。在诸多画种中，用油画创作的画家和代表作品有孙滋溪的《林海雪原》插图、官布的《草原烽火》插图；用素描（铅笔素描、水墨素描）作插图的有阿老的《跟随毛主席长征》、邵宇的《千山万水》、罗工柳的《把一切献给党》、郭振华的《吕梁英雄传》、侯一民的《青春之歌》、裘沙的《野火春风斗古城》、黄润华的《红旗谱》、蔡亮的《创业史》等（图1-14）；用传统语言创作插图的画家和代

图1-13 《儒林外史》插图，作者：程十发。（摘自《中国现代美术全集 插图》，图版第41页）

图1-14 《创业史》插图，作者：蔡亮。（摘自《中国现代美术全集 插图》，图版第56页）

表作包括陈尊三的《暴风骤雨》、叶浅予的《子夜》、吴静波的《漳河水》、杨永青的《五彩路》、华三川的《上海的早晨》、张德育的《太阳从东方升起》、黄胄的《绿色的远方》、潘世勋的《五彩路》、姚有信的《刘文学》、顾炳鑫的《红旗谱》、贺友直的《山乡巨变》等（图1-15）；版画插图不仅数量多，而且十分兴盛，像李桦的《华威先生》、王琦的《林家铺子》、古元的《灵泉洞》、彦涵的《王贵与李香香》、余沙丁的《逐鹿中原》、版画家集体创作的《革命烈士诗抄》、四川版画家集体创作的《红岩》、路坦的《高玉宝》、邹雅的《红军哥哥回来了》、温泉源的《春姑娘和雪爷爷》、于化里的《百子图》、赵宗藻的《索朗爷爷》、范一辛的《雷锋叔叔对我说》、程勉《红旗谱》插图等；还有的画家用漫画手法画插图，给读者留下了深刻的印象，如张乐平的《上海民歌》、韩羽的《离婚》等。新中国的民间文学插图创作特别引人注目，画家们从民间艺术中汲取营养，用幽默的造型、丰富的色彩以及充满奇趣的画面给人以独特的视觉感受，代表画家有张光宇、黄永玉、张仃、周令钊、袁运甫等人（图1-16）。在这里尤其要提到的是一类特殊的插图——"鲁迅作品插图"。很多插图画家热衷为鲁迅小说作插图，他们中的有些人甚至潜心研究鲁迅著作多年，由此创作的插图作品不仅数量多，而且非常经典。最有代表性的画家当属赵延年和裘沙，赵延年主要用黑白木刻的形式塑造鲁迅笔下的形象，画面具有强烈的冲击力，深入人心；裘沙长期致力于鲁迅思想研究和鲁迅作品插图，代表作有《阿Q正传二百图》等围绕鲁迅小说创作的优秀插图。还有司徒乔用素描创作的《故乡》、丰子恺的线描插图《阿Q正传》、李桦的木刻插图《在酒楼上》和《狂人日记》、古元的木刻插图《祝福》、邵克萍的套色木刻插图《一件小事》、顾炳鑫的套色木刻插图《药》等。建国初"十七年"间插图创作的繁荣，离不开安定的社会环境。画家们脱离了战争及颠沛流离之苦，可以安心从事创作，充分思考和探索

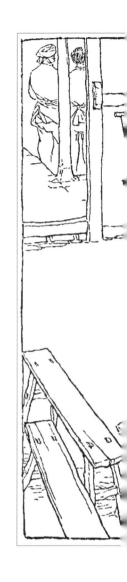

图 1-15 《山乡巨变》连环画，作者：贺友直。(摘自《山乡巨变》(第一册)，图版第 31 页)

图1-16 《神笔马良》插图，作者：张光宇。(摘自《张光宇插图集》，图版第13页)

艺术上的诸多问题，而不再是形势所迫的急就之作。

上述文学插图表现出了鲜明的时代特征，热情讴歌社会主义建设，洋溢着英雄主义和乐观向上的精神，形象地展现出当时的社会环境和人物活动，为当下的读者提供了一个观察文学和历史的窗口。在丰富群众文化生活、传播科学文化知识、配合社会主义建设以及进行精神文明教育上发挥了巨大的宣传教化作用。

第二节　中国当代文学插图的创作方式

有很多人把插图创作的过程比作"导演"的过程，这是非常有道理的。插图的创作与影视戏剧制作有相似之处，区别在于，画家身兼数职，独立完成所有的任务：既要像导演一样研究剧本，决定怎样把文字转化为视觉形象；又要扮演角色，深入到文学情境中去把人物塑造出来；还要像摄像和美工一样考虑色彩与构图。周进修先生在他的著作《难忘的插图艺术》中写道，文学作品插图对画家的要求其实很多："深湛的文学和艺术素养，广博的生活体验，熟练的绘画技巧，还有，就是对于艺术创作的义无反顾的投入，对原作对读者的高度责任感……"[15]插图具有文科的性质，是建立在对文学作品深刻理解之上的再创作，根据不同的文本内容，插图画家还需搜集相关资料，深入生活、寻找创作之源，然后才能确定表现形式，开始着手绘制。因此，与一般绘画相比，插图的创作程序更多，创作过程也更为复杂。一般来说，插图创作的过程分为三个步骤。

2.1 文本解读

插图具有从属于书籍的特性，这种从属性决定了插图首先要为书籍服务，然后才能是艺术作品的展现，因此，插图画家首先应该要阅读书籍文本，摆正创作态度。画家从出版社编辑手中接过文本，要做的第一件事就是通读全文，对书中的主要内容有一个整体认识，然后进行精读，在此之后，适宜进行视觉传达的章节段落就可以基本确定下来了；至于再后面的针对性阅读，只需要研究插图对应的文字即可。通常，画家还会通过写读书笔记和阅读相关资料（包括书评和读后感）来加深理解，这些都有助于文本的研究。一些经典插图背后的创作实践告诉我们，阅读理解是必不可少的前期工作，也是把握创作思路、建立自己分析角度的必经之路。插图《红岩》创作于 20 世纪 50 年代末 60 年代初，作者并非一个人，而是由版画家李少言、牛文、李焕民、宋广训、吴凡、吴强年、正威、徐匡组成的创作集体，他们严谨、细致、全面地投入到前期的阅读考察工作中，最终成功地创作出《红岩》插图，在现代文学插图史上具有教科书一般的示范意义。根据文献记载，在小说写作的后期，四川美术家协会就开始组织画家们阅读书稿，为创作做好充分的准备。小说的作者罗广斌和杨益言每写完一章，就讲给画家们听，这对解读文本帮助很大。一般情况下，插图画家很少能有机会和原作者密切接触，但由于《红岩》插图创作精心的策划和组织工作，画家得以和作家直接对话，甚至相互影响借鉴。吴强年创作的《监狱之花》刻画了渣滓洞新年联欢会上的余新江、孙明霞和怀抱"监狱之花"的许云峰，小说中原本并没有相应的文字描述，小说作者罗广斌看到这幅插图后被深深感动，特意为此补充了新的内容。与此类似，宋广训的插图《飞吧，你飞呀》创造性地表现了小萝卜头放飞小

15.周进修：《难忘的插图艺术》，天津：天津人民美术出版社，2004 年，第 27 页。

虫的场景，这个浪漫的细节具有小中见大的价值，同样启发了小说作者为之重新增加了相应的描述[16]。插图画家的创作之所以能够启发作家，说明他们对文本的理解已经相当透彻，在准确把握住原文的精髓之后，便可以发挥视觉语言的想象力，去自由地传达其中的内涵了。

2.2 资料收集

在确定了要表现的内容之后，下一步就是收集相关资料。插图画家在实际创作中会遇到古今中外各类题材的文本，广泛搜集、参考、借鉴相关的资料，有助于准确理解文本所涉及的知识领域，美术评论家何溶指出："要求画家对其作插图的文学作品中的生活都要有亲身经历，是不可能的。正因此，画家在接受某项插图的创作任务之后，常常要用很大的精力去研究有关的历史材料，或到其它的艺术作品、到古人留下的遗产中去吸收一些必要的间接经验，而且常常要进行生活补课，不如此，也就很难开始自己的艺术的再创造过程。"[17]因此，资料收集是插图创作前必备的基础性工作，关系到作品最终的真实可信性。在中国现代文学插图中，现实性题材是创作的主流，而事件、环境、道具刻画的真切可信，对于现实文学插图创作来说极为重要，因此，深入到故事的发生地去体验生活，从生活中寻找创作灵感的源头，已经成为中国插图画家的优良传统。《山乡巨变》连环画的创作者贺友直，曾经两次到湖南益阳体验生活，"下乡"唤起了贺友直童年时在浙江农村生活的记忆，从而使画家把对农民生活的认识从感性层面提高到理性层面。经常有人好奇为什么贺友直画画时不用参考资料，还能把对象画得十分逼真生动。画家对此的解释是："看在眼里，记在心里，就能背得出来，关键在于'理解'二字。"[18]《红岩》插图的创作者们带着强烈的使命感，亲赴原著中事件发生的地方，实地考察革命者的生活环境，感受《红岩》精神。版画家李焕民仔细观察过关押革命者的地牢，在他创作的插图《许云峰在地牢》（又名《走，前面带路！》）中，地牢的石阶经过艺术加工，呈现出螺旋上升的造型，不仅加深了监狱阴森恐怖的氛围，更衬托出革命者坚定的意志和光辉的形象；《红岩》封面的设计灵感也来源于作者的生活体验，版画家宋广训是北京人，

16. 参考邓中和先生的学术报告讲稿：《插图的魅力——从〈红岩〉插图创作谈插图艺术与教学》（"第二届全国高校插图艺术作品展暨插图教学研讨会"于北京印刷学院），2013年11月6日。

17. 何溶：《文学书籍插图选集》（后记），北京：人民美术出版社，1962年，第6页。

18. 贺友直：《山乡巨变》（附录）（《旧话重提——回顾《山乡巨变》的创作经过》），上海：上海人民美术出版社，2008年，第5、6页。

并没有在小说环境中生活的经历，但由于他的画室位于重庆的江边，从这里可以看到初升的太阳将江水和山岩全部染红的壮美景象，正是重庆的山水给了画家以启发，创作出了经典的《红岩》封面[19]。插图《上海的早晨》和连环画《白毛女》的作者都是华三川，这两部作品的社会背景和地理环境相差很远，作为长期生活在上海的南方画家，华三川对《上海的早晨》应该不会陌生，因此，我们能够感受到插图的氛围和画中的细节描绘都十分到位。在另一部作品《白毛女》中，原著中的喜儿、杨白劳、王大春、王大婶等人也被华三川刻画得"原汁原味"，一看就是北方农村的劳动人民形象。为了熟悉《白毛女》中的北方农村，华三川克服了很多困难，深入到山西、河北农村体验生活，通过和农民一起生活劳动，获得第一手资料，为这部经典作品的诞生打下了坚实的基础[20]。连环画《铁道游击队》更是将资料搜集、实地考察、人物考证成功结合在一起的范例。连环画作者韩和平、丁斌曾为了更全面地掌握原著中描写的村庄、铁道、洋行、战场，曾先后五次赴鲁西南考察收集相关资料，他们不仅在当地写生，更是深入生活，先后在临城、枣庄、微山湖生活，采访亲历者，体会当地风土人情，每次考察时间都在两个月左右。连环画《铁道游击队》共十本，从1954年开始创作，到1962年完成，历时共九年，成为学术界公认的不朽之作，这显然与创作者严谨求实、精益求精的创作态度密不可分。插图《林海雪原》和《把一切献给党》中的人物形象都塑造得极为成功，与作者孙滋溪和罗工柳到生活中寻找人物形象原型有直接关系。还有鲁迅小说插图的作者赵延年和裘沙，都曾特地深入绍兴水乡进行考察。插图画家事实上属于"杂家"[21]，由于专业特殊性，仔细观察生活和广泛搜集资料几乎成为平时的必修课，只有长期积累和勤奋练习才能应对不同内容题材的文本，从而做出准确的回应。

还有些画家由于经历过文学作品中描写的时代，相当于已经提前"储存"了大量第一手资料，因此对于情节的理解和对主旨的认识，就会更加深刻，这对于插图创作来说也是非常有利的条件。在中国现代文学插图中，这样的例子很多，如叶浅予和他创作的插图《子夜》，古元和插图《灵泉洞》，彦涵和插图《民兵的故事》《刘志丹》，华君武和童话插图《大林和小林》，赵延年、丁聪和鲁迅小说插图等等。无论是解放区或是国统区、抗日战争还是解

19. 参考邓中和先生的学术报告讲稿：《插图的魅力——从〈红岩〉插图创作谈插图艺术与教学》（"第二届全国高校插图艺术作品展暨插图教学研讨会"于北京印刷学院），2013年11月6日。

20. 华三川、方轶群：《白毛女》(姜维朴：《序》)，北京：中国连环画出版社，1997年。

21. 高荣生：《插图全程教学》，北京：中国青年出版社，2011年，第205页。

文学插图创作概述

放战争，这些画家都有自己的亲身经历，从这一点来看，他们与文学作品是没有距离的，更容易把自己的经历和感受融入插图创作中，成为有益的补充。

2.3　插图创作

插图的绘制建立在前期工作充分完成的前提下。开始绘制时，首先要在语言转换上进行充分的考虑。所谓语言转换，指的是书面语言向视觉语言的转换，在这个转化的过程中，画家可以融入文字之外的想象，使自己的理解得以体现。语言转换有直接转换、间接转换和意象化传达之分。直接转换，就是客观地表现出原文内容，大多数文学作品插图的画面都属于直接表达。有些文字语言无法直接转换为画面，例如概念理论、心理活动、声音描写等等，这就需要画家采取间接的、迂回的方式表达出来，即所谓的"文字之外、情理之中"，以达到殊途同归的目的。间接转换虽然不如直接转换应用广泛，但往往会在表达的切入点和创意深度上给人以难忘的印象。意象化传达即意识形象等的抽象表达，这一类的作品无论原文还是插图，所表达的内容一般都是"虚"大于"实"。意象化传达常见于散文、诗歌插图。语言转换是文学插图特有的思维方式，因此而产生了图文关系的多种可能性，也给读者带来了极大的乐趣。

创作的最后一步，就是思考用什么方法来突出主题，从这一角度来看，语言形式和创作思维同样重要，它关系到最终的画面效果。众所周知，插图创作没有固定的形式技法，任何技法都可以为创作者所用。通常情况下，插图的表现形式应该与原著文本的风格内涵相匹配，例如，用白描、彩墨等中国传统绘画语言表现古典文学作品，用素描、水彩、油画等西方造型语言表现外国文学，用带有色彩的漫画手法表现儿童文学，这些约定俗成的作法具有相当大的合理性。但在创作实践中，只有少数插图画家能够融会中西，掌握丰富多样的技法语言。大多数画家由于专业背景不同，往往是采用自己熟悉的专业技法进行创作。一般情况下，他们考虑的是载体的表现形式，例如黑白方式或是彩色方式，很少在画种之间选择。因此，我们可以看到，在当代文学插图领域，形成了众多以不同风格手段来描绘插图的创作群体，如国画家、版画家、油画家等等。我们也常会看到，一部经典小说有几位画家以不同的表现手法创作的插图版本，如周立波的《山乡巨变》，有三位画家为之作插图，分别是吴静波、李桦和贺友直，他们分别以彩墨、木刻、白描的形式，创作了不同面貌的插图。类似的例子还有梁斌的《红旗谱》，包括黄胄、顾炳鑫、程勉、黄润华、张扬、王怀骐在内的六个画家，分别以彩墨、白描、木刻、水墨等多种绘画语言来创作插图。

不同的表现语言会带来不同的视觉感受，这也正是造成中国当代文学插图多样性面貌的一个原因。

创作思维和表现语言基本涵盖了插图创作中最重要的两个部分，再加上创作前期的两项准备工作，上述内容构成了一个完整的插图创作过程。中国当代文学插图的创作实践问题，基本都涵盖在这个过程中，解读和剖析插图的创作过程，有助于我们明确插图的定位，学习画家的成功经验，总结插图的创作规律，推动自身专业的进一步提高。

第三节　中国当代文学插图的价值

3.1　艺术价值

插图在诞生之初，主要起到的是帮助说明文字的作用，但是，随着经济和社会文化的发展，以及稳定的插图创作群体和日益扩大的读者群的出现，插图所承担的不仅仅是辅助和解释文字的功能，更具有了独立的艺术审美价值。在中国古代插图史上，文人画家的加入，对于插图艺术价值的提升尤为明显。代表性的例子当属明清时期，丁云鹏、陈洪绶、王文衡、萧云从、任熊、改琦等优秀画家参与到插图绘稿的过程中来，从而创作出《养正图解》《张深之正北西厢记》《会真图》《太平山水图》《於越先贤传像赞》《红楼梦图咏》等不朽之作。在当代插图中，这种趋势更加明显。一方面，职业作家、职业插图画家和出版社、编辑一样，成为现代图书出版系统中的重要组成部分，发挥着不可取代的创作者的作用；另一方面，插图画家大多出自高等艺术院校，不仅具备专业的文字转换能力，更兼修造型艺术的各种门类，具有全面的视觉艺术的表达能力。从某种程度上说，当代插图画家与古代的文人画家相似的一点，是具有多方面的文字修养及理解能力；不尽相同的地方在于，当代插图画家在艺术表现形式上的多样性，是古代文人画家无法相比的。更进一步的情况则有，插图画家和文学家涉足对方的专业领域，甚至同时兼顾文图创作。这便使插图的艺术价值不仅体现在画面效果上，甚至提升到思想及哲学层面。插图的文科性质，促使插图创作者对于文字的解读不仅停留在忠实再现文字的程度上，更需要在理解力和思想深度上靠近，甚至超越原著作者的水平。这方面的代表性例子，无疑是鲁迅、叶浅予分别为自己作品绘制的《无常》插图与《打箭楼日记》插图，以及丰子恺、闻一多绘制的《鲁迅小说全图》和《冯小青》插图。这种文图一体的创作思维，可以将插图画家与文学家的身

文学插图创作概述

份统一在整体的审美欣赏层面，从而大大提升插图的艺术及审美价值。正如作家叶圣陶所说："插图是艺术和文学的有机配合，不是徒然的点缀。"[22] 作家李季更是坦言：彦涵创作的《王贵与李香香》丰富和补充了他的诗，是锦上添花[23]。其中隐含的意义，便是由于画家彦涵不仅再现出原文中的情景，而且更进一步，准确地理解到原诗包含的想象及意象空间，并且用视觉性的画面语言拓展了这一空间。彦涵能够取得这样的成就，与他对于文字的敏感性和理解力密不可分，而这样的结果，则是使得插图具有了相当程度上的独立价值。由此可见，插图的艺术价值一部分来源于视觉画面的艺术水平；而另一方面，隐含于画面之后的创意、思想和审美层面，更是插图能否成为优秀作品乃至经典名作的重要条件。

3.2 历史价值和民俗价值

在动笔之前，插图画家需要查阅和收集资料，对于一手资料，则需要深入生活，亲身体验，如果材料只能从间接的途径获取，就要进行分析筛选，不能盲目使用，这样才能避免在创作中出错，从而准确还原文学作品中的人物、道具、背景等细节。著名插图画家高荣生先生说："……那些经典的插图作品是经得住推敲的，不仅具有强大的艺术魅力，也会带来其他方面的附加值，如'指事绘形，可验时代'的史料价值和'商较土风之宜'的民俗价值等。"[24] 具有史料价值和民俗价值的插图作品，是插图画家严谨的前期工作的直接体现。在中国现代插图中，有很多这样的范例。例如，在历史题材文学插图中，有王叔晖、刘继卣、顾炳鑫等优秀画家创作的一系列名著插图、连环画，它们是研究我国古代人物造型、服饰、建筑、园林的珍贵资料；版画家彦涵的《狼牙山五壮士》《民兵的故事》《攻克腊子口天险》等作品，对战斗场景的描绘异常生动，这些紧张惊险的画面，事实上来自画家的亲身经历，也为后人提供了描绘战争场景的历史资料；著名画家贺友直创作了一系列现代农村题材的连环画，例如《李双双》《朝阳沟》《山乡巨变》等，画中充满了对农村生活细致入微的刻画，既有时代意义，又有参考价值；还有四川版画家集体创作的插图《红岩》和画家孙滋溪创作的插图《林海雪原》，因为画中人物形象、服饰、场景的处理极为成功，以至于成为

22. 章桂征：《中国当代装帧艺术文集》（郭振华：《中国现代插图创作》，长春：吉林美术出版社，1998年，第1375页。

23. "诗人李季在谈到彦涵作的《王贵与李香香》插图时说：'对我的诗来说，是锦上添花。他的画丰富和补充了我的诗。'"郭振华：《我国插图一瞥》，《美术》1981年第8期，第10页。

24. 高荣生：《插图全程教学》，北京：中国青年出版社，2011年，第205页。

电影《烈火中永生》和《林海雪原》的分镜头蓝本。

　　插图的民俗价值方面，主要体现在少数民族及民间故事题材的插图作品中。由于插图画家对于这方面题材的严谨把握，优秀的民俗插图作品，在具备艺术欣赏价值之外，更包含了珍贵的民间文化及民间习俗的视觉形象信息。黄永玉的插图堪称其中的典范。黄永玉是著名土家族艺术家，他出生和成长的湘西地区，具有浓郁的少数民族艺术和地方文化氛围，这些因素深刻地影响到他的艺术创作道路，也对他的绘画风格的形成产生了重要作用。黄永玉对于中国民间故事题材也是情有独钟，他广泛吸收了水印木刻、剪纸、线描、民间年画等艺术营养，并把这些造型形式融为一炉，形成了独具特色的个人风格。他的代表作《阿诗玛》《湘西民谣》等，便充分体现出这一点。由于黄永玉对于内容题材的熟稔，插图既能使观众欣赏到优美如画的彝族、土家族的自然风光，更能从画面中的节日庆典、婚丧嫁娶等日常生活描绘里了解到珍贵的民俗细节。因此，优秀的插图作品除了固有的艺术欣赏价值，所具有的民俗价值也值得我们深入研究学习。

第二章

表现语言的探索

概述

　　插图的表现语言多种多样，可以说，任何艺术语言都可以为插图所用。我国现当代文学插图的形式语言呈现出多样化的显著特征，这也是插图艺术整体水平较高的一种体现。插图表现形式的演变，与载体、技术、文艺思想及表现题材密切相关。出版物载体的发展进步，为多种插图形式语言的运用提供了更多可行性。清末民初是我国古典插图与现代插图的分水岭，西方制版印刷术逐渐取代了传统的木版印刷，插图的面貌随之发生了巨大改变，以单线造型为主要特点的传统木刻插图失去了绝对的统治地位，以石印、铜版印刷和胶印为主要载体，以西方注重体积、透视、光影的造型体系为基础的插图作品逐渐成为主流，为广大民众所喜闻乐见。抗战时期虽然时局动荡，文学艺术仍然蓬勃发展，抗战题材成为插图创作的主旋律，发挥出强大的宣传作用。特别是在解放区，在延安文艺座谈会讲话精神的指引下，插图画家们在表现语言上努力探索大众化、民族化的创作手法，进一步改造外来风格，融会出新的形式语言，创作人民群众喜闻乐见的作品。新中国成立以后，有了安定的社会环境作为保障，文学插图迎来了发展的高峰，许多著名画家参与到插图创作中来。因为专业背景不同，插图画家的表现语言可谓丰富多样。大致说来，插图的语言形式有本土和外来之分，一些从事传统绘画的画家更擅长使用传统艺术语言，深受欧美绘画影响的画家则习惯选择西方艺术语言。还有的画家融会中西，将本土语言和外来语言进行有机的结合，形成更多元化的艺术面貌。这一时期，中国与苏联、东欧的文艺交流最为密切，特别是受到苏联的影响。苏联文学艺术以现实主义为主要创作原则，苏联文学插图无论是形象塑造还是内容传达都很有深度，表现语言极具艺术性，对中国当代文学插图艺术的发展有积极的影响。

第一节　传统绘画语言的影响

1.1　传统绘画语言在现当代文学插图中的运用

从古至今，无数优秀画家为插图艺术的发展做出了卓越贡献。在古代，图书插图有的为木版刷印，有的出自手绘，参与制作插图的画家既有文人画家，也有职业画师，有姓名可考的如南宋《梅花喜神谱》的作者宋伯仁；明代《养正图解》、《程氏墨苑》的作者丁云鹏，《人镜阳秋》《坐隐图》的作者汪耕，《西厢记》的作者何璧，《环翠堂园景图》的作者钱贡，《丹桂记》的作者刘素明，《青楼韵语》的作者张梦征，《笔花楼新声》的作者顾正谊，《邯郸梦记》的作者王文衡，以及《九歌图》《张深之正北西厢记》《水浒叶子》的作者陈洪绶等，都是明代插图艺术的代表画家；清代则有《离骚图》《太平山水图》的作者萧云从，《红楼梦图咏》的作者改琦，《御制织耕图》的作者焦秉贞，《万寿盛典图》的作者宋骏业，《凌烟阁功臣图》的作者刘源，《避暑山庄诗图》的作者沈喻，《晚笑堂画传》的作者上官周，《剑侠传》《高士传》《於越先贤像传》的作者任渭长，《红楼梦》的绘者孙温，均为技艺精湛的插图画家（图 2-1~2-8）。到了现当代，运用中国传统绘画语言创作插图的画家也大有人在，如丰子恺、蒋兆和、叶浅予、高马得、程十发、刘继卣、王叔晖、任率英、金协中、王仲清、陈尊三、吴静波、顾炳鑫、黄胄、华三川、张德育、刘旦宅、韩羽、戴敦邦等，他们的作品极具中国审美特色，不仅令读者喜闻乐见，更以自身艺术水准提升了插图的价值。正如著名插图装帧评论家、人民出版社编审郭振华所说："中国画插图是有悠久历史和优秀传统的，古往今来画家们为文学作品作插图，不断开拓着中国画的新领域。这是一个可以大显身手，任凭驰骋的广阔天地，希望有更多的中国画家投入插图创作，这不但可以给书增彩，也可以提高自身的文学修养哩。"[25]

1.1.1　现实题材

一些插图画家在表现语言上古为今用，在继承中国传统绘画的基础上进行艺术再造，形成个性化的风格，使现实题材文学插图别开生面。叶浅予是现代中国画大家，擅长写意人物，曾创作出许多著名的插图作品，像《打箭

25. 章桂征：《中国当代装帧艺术文集》（郭振华：《国画插图天地宽》），长春：吉林美术出版社，1998 年，第 1383 页。

表现语言的探索

图 2-1 《程氏墨苑》(1605 年刻本)之扫象图,程君房编,丁云鹏绘。(中国国家图书馆藏)

图 2-2 《人镜阳秋》(1600 年刻本),汪廷讷编,汪耕绘。(中国国家图书馆藏)

楼日记》《子夜》《茶馆》《春蚕》《铁木前传》,在社会上影响巨大。1957 年叶浅予为茅盾的《子夜》作了 19 幅插图,遵循现实主义原则,以白描手法塑造人物群像,并略带强化夸张。从画面上看,叶浅予对于《子夜》中的社会众生相非常熟悉,尤其善于驾驭复杂叙事线索与戏剧冲突的场面,插图中人物众多,画面的层次关系和场景安排处理得有条不紊。然而,画家本人对这套作品并不满意,他认为自己在表现原著的深度和创作技法上都存在欠缺。为了使《子夜》插图尽善尽美,叶浅予后来又对原作进行了增改,显示出画家在插图艺术上严谨的创作态度[26]。《上海的早晨》插图的作者华三川也是著名中国画家,尤其在工笔人物画领域卓有建树。他同时也是优秀的连环画画家,作品多次在全国连环画展览中获奖,在读者

26. "但是画家本人并不满意这套插图，他写道：'1957年为茅盾的《子夜》画插图，对作者所描写的三十年代民族资产阶级政治上的两面性，以及大革命失败后工人农民和剥削阶级的斗争形势，理解不深，插图仅仅着眼于故事情节的表面描绘，原著的深刻主题没有反映出来，觉得有损于原著光彩'。他在另外一篇文章中，还自责'人物造型不够准确，用笔不够简练'因之，事隔二十一年之后，他再三研读原著，为重画插图做了思想准备，动笔之后，心脏病复发，全部重做的心愿，不得不改为部分补作或改作，增画了四幅新作，抽掉了一幅旧作，使《子夜》插图更加概括而全面……"章桂征：《中国当代装帧艺术文集》（郭振华：《国画插图天地宽》），长春：吉林美术出版社，1998年，第1381页。

中享有很高的声望，其作品如《白毛女》《帽子的秘密》等。这些文学作品主要涉及革命斗争和现实生活，属于现代题材，但画家独辟蹊径，使用传统中国画中的白描方式来表现，将大众喜闻乐见的艺

图 2-3 《环翠堂园景图》，钱贡绘。（摘自
《环翠堂园景图》，人民美术出版社 1981 年影
印本）

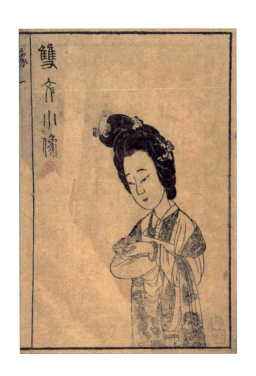

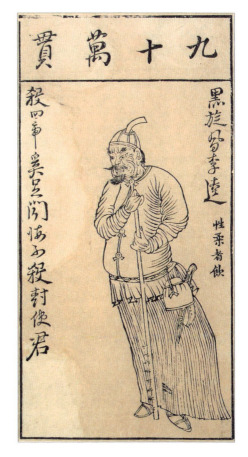

图 2-4 《青楼韵语》（1616 年刻本），朱元亮撰，张梦征绘。（中国国家图书馆藏）

图 2-5 《邯郸梦记》，汤显祖撰，王文衡绘。（摘自 1957 年《古本戏曲丛刊》本）

图 2-6 《张深之正北西厢记》（明刻本），王实甫著，陈洪绶绘。（浙江省博物馆藏）

图 2-7 《水浒叶子》（明刻本），陈洪绶绘。（四川省图书馆藏）

图 2-8 《红楼梦》插图，（清）孙温绘。（摘自《清·孙温绘全本红楼梦》，图版第 1 页）

表现语言的探索

术手法融入新的语境中，同时也反映出新中国连环画以线描为主要形式的艺术风格与民族特色。《上海的早晨》插图与上述创作手法类似，华三川巧妙地将西方写实技巧与传统白描技法融为一体，在透视和形象塑造上力求精准，以概括性的色彩渲染画面气氛，营造出简练明快的抒情气氛。除此以外，吴静波的《三里湾》《山乡巨变》《漳河水》，贺友直的《小二黑结婚》《山乡巨变》，顾炳鑫的《红旗谱》绣像，黄胄的《红旗谱》《天山南北好地方》，王仲清的《离婚》《风波》，陈尊三的《暴风骤雨》，刘旦宅的《红日》，张德育的《迎春花》《太阳从东方升起》等，都是插图画家由传统艺术语言出发，不断探索，努力丰富现当代文学插图风格的优秀成果（图2-9~2-11）。

1.1.2 历史题材

很多中国画名家转向历史题材插图创作，不仅与自身的专业背景有关，也与历史文学的强大魅力密不可分。历史和文学是保存民族记忆的方式，绵延传承，具有不可替代的文化价值。作为现当代文学的重要部分，历史题材文学因其独特的真实性、鉴戒性和寓意性，拥有广大的读者群。为历史文学绘制插图，要求画家具备广博的知识储备和高超的艺术技巧，从而做到化古为新，实现陶冶人们心灵情操的作用。同时，历史题材的特殊性，还要求画家准确把握人物、情节的时代特征与历史风貌。不少历史文学插图由于创作者卓越的中国画功底而显得尤为突出。

王叔晖是现代工笔重彩人物画的代表人物，其作品以造型端庄、格调高雅、笔墨清新流畅而著称，这些艺术特点使她创作的《晴雯》《两颗明珠》《杨门女将》《孔雀东南飞》《梁山伯与祝英台》《西厢记》等插图极为吻合原著的艺术气质，也是当代文学插图中少有的极富古典气韵的代表作。对于《西厢记》这部古代戏曲经典，王叔晖在注重古典审美情趣、保持中国传统文化精髓的同时，大胆借鉴西方绘画技法。《西厢记》插图塑造的人物形象典雅、端庄雍容，善于捕捉生动的瞬间传达原著的情节精华，人物的气度神韵更是描绘得淋漓尽致。除此以外，王叔晖大胆吸收了当代艺术中的构成经营、戏剧舞台空间等方面的营养，汇聚为一炉，很好地传达出《西厢记》中蕴含的婉转跌宕的艺术氛围。

中国画大家刘继卣在古代历史、神话、故事传说等题材的插图（连环画）作品中都做出了卓越的探索，其作品《李逵》《鲁智深》《武松打虎》《西游记》《李自成》《义和拳》《古代民间故事集》等，以深厚的白描功力而享誉艺苑，使人不禁联想起永乐宫壁画中的形象。刘

图 2-9 《子夜》插图，作者：叶浅予。（摘自《文学书籍插图选集》，图版第 8 页）

表现语言的探索

图 2-10 《上海的早晨》插图，作者：华三川。(摘自《上海的早晨》(第二部)，图版第 509 页)

图 2-11 《三里湾》插图，作者：吴静波。（摘自《三里湾》，图版第 129 页）

表现语言的探索

继卣笔下的人物和动物，形象生动、刚柔并济，与古典文学中的理想化身完美吻合，获得了读者的一致认可。

热衷于古典文学插图（连环画）的国画家还有《将相和》《白蛇传》《劈山救母》《桃花扇》《昭君出塞》《岳云》的作者任率英，《三国演义》的作者金协中，《李白妇女诗集绘》《屈原九歌》的作者潘絜兹，《儒林外史》《红楼梦》《百喻经新释》（与张乐平、黎冰鸿合作）的作者程十发，《中国民间故事选》的作者沙更世，《红楼梦》的作者戴敦邦等。丰子恺的《古代寓言》插图与前述画家的创作风格不同。《古代寓言》是由短篇故事组成的合集，相对来说，故事情节较为精练，更适宜用短小精干、清新隽永的"小品"式手法来表现，这在丰子恺的插图作品中都有所体现。高马得的画风偏重写意，他用简约夸张的手法创作了《戏曲

论集》和《金元宝》的插图。上述画家有一个明显特点，就是通过改造传统绘画体系中的造型、结构、透视原则，使其适应当代读者的欣赏习惯，与时俱进。他们创作的历史文学插图均在原著时代风尚、故事细节与画面风格的协调方面投入了持续严谨的努力，取得了非凡的艺术成就（图 2-12~2-15）。

无论是面对现实题材，还是历史题材的文学作品，中国传统绘画语言都能找到合适的切入点，发挥出自己的优势。在文字语言转化为视觉画面的过程中，传统艺术语言所蕴含的审美形式潜移默化地融入插图作品中，使之散发出"中国式"的精神气质。中国插图艺术也因此在这种既创新，又传承的文化脉络中不断推陈出新，延续辉煌。

图 2-12 《西厢记》连环画，作者：王叔晖。（摘自《王叔晖连环画作品选》，图版第 112 页）

图 2-13 《古代民间故事集》插图，作者：刘继卣。（摘自《文学书籍插图选集》，图版第 65 页）

宴桃園豪傑三結義

图 2-14 《三国演义》插图，作者：金协中。（摘自《彩绘全本三国演义》，图版第 1 页）

图 2-15 《古代寓言》插图，作者：丰子恺。（摘自《文学书籍插图选集》，图版第 53 页）

27."连环画《山乡巨变》被定为重点选题，其理由是：1961 年是建党 40 周年，出版这部作品是向党献礼……既是重点项目必有重点措施。为此指定一文一画两位副主任，负责创作的质量，还指定一位副总编领导全部工作。两位副主任管文的是吴钧，管画的是顾炳鑫，副总编是程亚君。"北京画院：《睿心天地——贺友直连环画艺术》（乐祥海：《小画种，大天地——贺友直连环画艺术》），南宁：广西美术出版社，2016 年，第 17 页。

1.2 由《山乡巨变》引发的插图创作手法的"巨变"

20 世纪 50 年代末，周立波创作了小说《山乡巨变》，这是一部反映新中国成立初期湖南益阳农业合作化运动的长篇小说，先后被人民文学出版社、作家出版社、上海人民美术出版社多次出版。连环画版《山乡巨变》还被出版社定为重点选题，制定了明确的编辑计划，作为对 1961 年建党四十周年的献礼[27]。在不断再版的过程中，很多优秀画家参与其中，为《山乡巨变》增添了风格多样的插图，也为这部小说在文艺界产生更大的影响做出了贡献。《山乡巨变》的多个版本中配有不同的插图、连环画，这些美术作品的创作时间从50年代末延续到60年代，虽然时间跨度不大，创作风格却有着很大的差异，从使用工具到表现语言，无不凸显出在新的时代背景下，社会环境的变化与中西方绘画语言的碰撞所带来的深刻影响。

1.2.1 面貌各异的《山乡巨变》插图

小说《山乡巨变》的插图（连环画）和吴静波、李桦、贺友直三位著名画家紧密相连，他们三人在艺术语言上的差别非常明显，当不同风格的插图都去表现同一部文学作品，并且在同一时期集中出现时，对比这些插图版本，有助于观察这一时期插图形式语言的变迁。

画家吴静波为很多新中国成立初期的文学作品创作了插图，除了影响较大的《山乡巨变》和赵树理的《三里湾》，还有李季的《三边一少年》（诗歌）、阮章竞的《漳河水》（诗歌）以及连环画《未过门的媳妇》（与沙更思合作）等等。20世纪70年代，吴静波还为王致远的《胡桃坡》（诗选）创作了彩色插图。吴静波的插图作品大多是将传统水墨与西方素描结合，体现出鲜明的特点：造型写实概括、人物形象生动传神。这种朴素、概括的艺术风格一度成为新中国文学插图中的主流风格，在广大读者群中产生了深远的影响，也集中反映出特定的时代气息。在《山乡巨变》插图中，画家使用中国传统水墨语言，同时借鉴了西方水性材料绘画对于光影、体积的塑造方法，并将这两种截然不同的表现语言很好地结合起来，这对于我国现代农村题材插图创作具有重要的启示意义（图2-16）。

《山乡巨变》连环画是贺友直的代表作，也是中国连环画史上的一座丰碑。为了创作这部作品，贺友直曾专程赴湖南益阳农村考察，搜集相关的背景资料，在充分掌握原著时代氛围与社会生活细节的情况下反复推敲，几易其稿。在创作语言上，贺友直受到中国传统艺术如白描、木版插图的启发，最终选择以线条为主体来组织画面，并将传统形式语言加以改造吸收。正如我们在《山乡巨变》中看到的，贺友直放弃了表现光影、透视、体积的西式写实手法，转而注重人物、道具、环境之间的位置关系，以线为本，既注重线条本身又强调线与线之间的关系，重新建立起画面中的节奏、结构与韵律，从而"点石成金"，赋予平淡无奇的文字内容以别开生面的视觉体验，形成一种略带变形、又有些装饰化的线描造型方式，呈现出极具个性化魅力的艺术语言。《山乡巨变》连环画出版后好评如潮，也奠定了贺友直在新中国连环画、插图艺术领域的地位（图2-17）。

1979年5月的新版《山乡巨变》采用的是李桦、谭权书两位版画家合作的插图。李桦

图 2-16 《山乡巨变》，作者：吴静波。插图中人物形象：刘雨生、盛佳秀。（摘自《山乡巨变》（上），图版第 295 页）

28."在插图史上，版画是书籍插图语言形式的起点，生命的活力经久不衰，任何时代，版画插图的地位一直是不可动摇的……"高荣生：《插图全程教学》，北京：中国青年出版社，2011 年，第 11 页。

与原著者周立波熟识，为了更好地理解原著内容，也曾经深入湖南农村实地考察，以严谨认真的态度创作了《山乡巨变》的套色木刻版插图。版画与插图曾经在很长的历史时期内是共生互融的关系，在当代，使用版画形式创作的插图，仍然是插图艺术中不可忽视的部分 28。在相当长的历史时期内，传统插图的面貌是单一的木版画。西方现代版画的传入，在中国产生了深远影响，使得创作版画逐渐与插图分道扬镳。当现代版画强烈的黑白语言与表现风格再次运用到插图创作中，便产生出焕然一新的视觉效果。李桦是中国现代版画的代表人物，他在创作《山乡巨变》时采用了完全西化的木刻语言，以西方造型明暗关系为主，但也加入了一些带有本民族特色的装饰元素（图

一〇八　盛佳秀不時抬眼望望他，似乎没有什麽問題了。雨生说："你退不退，乾脆給我一句話吧。"盛佳秀欠起身子略含嬌意地笑了笑说："這樣吧，我再想一想，你明天來聽信。"

图 2-17 《山乡巨变》，作者：贺友直。插图中人物形象：刘雨生、盛佳秀。(摘自《山乡巨变》(第三册)，图版第 108 页)

2-18)。

　　上述几位画家的插图及连环画作品对于周立波的《山乡巨变》原著是一种丰富和补充，极大地引起了我的兴趣，因为他们似乎给自己提出了极不相同的任务：吴静波专门画肖像，贺友直偏重情节与风俗的描绘；而李桦主要侧重形式感的表达，用木刻技法诠释了画面。他们之间的互补性对我而言具有同等的价值。再者，三个版本的《山乡巨变》画面风格迥异，既有素描又有白描，既有传统木刻又有现代版画，可以说跨越了古今中西。表现形式的不同，主要由于画家的专业背景以及他们对于原著的理解不同。画家们使用的都是自己最擅长的表现手法，几个版本都在不同程度上涉及本土语言与外来语言的融合问题。吴静波的水墨写意人物中蕴含着素描关系，贺友直将线条构成关系和西方透视原则融入传统线描，李桦的木刻插图中蕴含着明显的传统装饰元素。20 世纪以

图 2-18 《山乡巨变》，作者：李桦、谭权书。插图中人物形象：刘雨生。（摘自《山乡巨变》（下），图版第 235 页）

来，随着西方文化思潮的涌入，中西艺术语言的融合便成为近现代插图艺术中不可忽视的主题。鲁迅先生曾经指出："采用外国的良规，加以发挥，使我们的作品更加丰满是一条路；择取中国的遗产，融合新机，使将来的作品别开生面也是一条路。"[29] 针对版画创作脱离生活、脱离实际的现象，鲁迅先生强调木刻的民族形式，在他看来，照搬国外的形式往往导致水土不服、曲高和寡，长此以往必然会脱离群众，年轻的木刻家应当善于改造利用传统艺术中的精华部分，创作出好的作品。《山乡巨变》的三位插图、连环画作者生活在新中国思想文化蓬勃发展的新时期，插图作为意识形态的反映，具有明显的社会主义文艺的特征[30]。

29. 鲁迅：《鲁迅杂文全编》（《〈木刻纪程〉小引》），北京：人民文学出版社，2006 年，第 451 页。

30. 高荣生：《插图全程教学》，北京：中国青年出版社，2011 年，第 7 页。

这一时期的文学插图创作受到现实主义绘画的深刻影响，使得插图的艺术语言主要以体积、透视和明暗为基本塑造手段。这种艺术语言在表现现当代文学作品时，不存在风格转换问题，但在遇到与传统、民间、历史有关的题材时，就往往显得"水土不服"。三位插图画家在这方面做出了有益的尝试和突破，其中最有代表性的例子，当数贺友直的连环画作品《山乡巨变》。

1.2.2 贺友直的《山乡巨变》连环画与表现语言的"巨变"

连环画是人民群众喜闻乐见的绘画种类，20 世纪 30 年代，鲁迅先生曾经撰文为连环画正名，倡导文艺大众化："……连环图画不但可以成为艺术，并且已经坐在'艺术之宫'的里面了。至于这也和其他的文艺一样，要有好的内容和技术，那是不消说得的。" [31] 新中国成立以来，曾为鲁迅先生所倡导的连环画受到格外的重视，不仅涌现出众多的优秀作品，也造就了一大批广受赞誉的连环画家，连环画事业的蓬勃发展极大地提高了连环画的艺术地位。从 50 年代到 80 年代，"小人书"是青少年儿童重要的精神食粮，也是成年人的休闲读物，甚至有很多画家表示是受到连环画的影响，才走上艺术的道路。在众多耳熟能详的"小人书"中，有一部作品被公认为经典，这就是贺友直在 50 年代末 60 年代初创作的《山乡巨变》。连环画有一个特点，通过简略的文字就可以知道书中的情节，因此，有些读者没看过原著，但却被画面生动的连环画所吸引，将连环画深深地印在了脑海里。整部《山乡巨变》连环画构图讲究，人物形象生动传神，细节耐人寻味，特别是白描的画法使人倍感亲切。最难能可贵的是，连环画画幅多达几百张，每一张都画得一丝不苟，具有极高的艺术价值。

今天我们看到的这部连环画巨作，并非一蹴而就的成果。贺友直从 1959 年开始创作 [32]，一共画了三稿，其间遇到很多挫折，特别是经历了表现手法上的"巨变"，即从以西方造型因素为主的画法，回归到以传统表现方式为主的画法。贺友直把前两稿创作失败的原因结于两点：一是对小说的主题思想认识不深 [33]，二是

31. 鲁迅：《鲁迅杂文全编》（《"连环图画"辩护》），北京：人民文学出版社，2006 年，第 257 页。

32. "开始画《山乡巨变》，那是在一九五九年……"贺友直：《山乡巨变》（附录）（《旧话重提——回顾〈山乡巨变〉的创作经过》），上海：上海人民美术出版社，2008 年，第 2 页。

33. 贺友直：《山乡巨变》（附录）（《旧话重提——回顾〈山乡巨变〉的创作经过》），上海：上海人民美术出版社，2008 年，第 7 页。

对中国传统绘画缺乏了解[34]。《山乡巨变》连环画的前两稿采用的是以西方造型因素为主的表现手法，但是对于衣褶、树木的表现，以及固有色的使用，也能看到传统绘画语言的运用。前期的作品呈现出黑白分明、近实远虚的效果（图2-19）。改成线描以后，画面变得清爽素雅起来，由于视角拉得更远，人物形象也更加完整。虽然最终的作品是用纯粹的中国传统线描来表现，但是在线的组织关系和构图上，也透出西方艺术的某些造型特点（图2-20）。两相对比，可以清楚地看到，线描更适于表现湖南乡村的"清新秀丽"、中国农民的朴实无华以及原著语言的"亲切质朴"。线描也因此成为贺友直连环画艺术中最引人注目的特点。

贺友直并不是直接地从纯粹的西式画法跳跃到中国的传统画法，从《山乡巨变》的第一稿到最后一稿，有一个"洋"画法和"土"画法此消彼长的过程，画面也在这个过程中逐渐变得"亮堂"起来。首先是构图，原稿采用的是焦点透视，视平线压得比较低，人物半身特写也出现得较多，通过近实远虚的原则，突出主体和营造空间，这种画法和我们在日常生活中观看事物的习惯是一样的，也是最常见的西画构图方法。当贺友直看到明代版画插图时，他发现传统人物画的形象大多是完整的全身形象，这一启示使画家决定改变以往的构图方式。贺友直的尝试是在构图上借鉴传统的散点透视，以高视角取景，使人物形象完整呈现出来。不仅解决了人物层次不清晰的问题，也增加了画面的纵深感。同时，画面以焦点透视构图，完全符合今天读者的欣赏习惯；在表现语言上，原稿采用的是线面结合的办法，用线条勾画轮廓，黑色块填涂固有色，画面呈现出黑白分明的视觉效果。总的来说，虽然线条造型和平涂色块是中国传统绘画常见的表现方法，但是画家的用笔仍然是偏向于西方素描式的，因此带着很大的"洋"味。在贺友直的回忆录中可以看到，他对这种表现方式是非常不满意的[35]。带着"语不惊人死不休"的决心，贺友直一头扎进中国传统绘画里，从《清明山河图》《水浒叶子》《名山图》等作品中，发现了很多处理画面的好办法，特别是陈老莲的人物

34. "在这之前，我对自己民族的绘画，不懂也不感兴趣。"贺友直：《山乡巨变》（附录）（《旧话重提——回顾〈山乡巨变〉的创作经过》），上海：上海人民美术出版社，2008年，第8页。

35. "画第一册的第一稿时，我仍然采取黑白形式的画法，只不过是画的规矩点，仔细一点而已。用洋的方法和形式去表现一九五三年的中国农村，怎么能协调得起来。画出来后，我自己也觉得不行，经过观摩讨论，当然是被否定了。"贺友直：《山乡巨变》（附录）（《旧话重提——回顾〈山乡巨变〉的创作经过》），上海：上海人民美术出版社，2008年，第8页。

图2-19 《山乡巨变》，作者：贺友直。（摘自《山乡巨变》（附录），图版第45页）

造型对贺友直启发最大[36]。在陈老莲的绣像插图《水浒叶子》中，人物的性格特征是通过其外部形态体现出来的，根据不同的形象，安排个性化的外貌动作和笔墨形式，使人物生动传神。陈老莲人物画中的线造型最有特点，特别是衣褶的结构组织，带有很强的装饰性，"以圆易方、以整归散"的笔法和处理方式，使线的运用更为主观，更有助于提升形象的艺术感染力。由此，贺友直彻底改变了原来的画法，开始单纯用线去造型。于是，画面上开始出现明显的改观：原稿中，如果两个人物是相互遮挡的关系，画家就用反衬（黑衬白、白衬黑）的办法来区分，但如果是两个

36.贺友直：《山乡巨变》（附录）（《旧话重提——回顾〈山乡巨变〉的创作经过》），上海：上海人民美术出版社，2008年，第10、12页。

身穿黑色衣服的形体重叠，画家只能用留白的方式显示出前面的人形。使用线描之后，人物的重叠关系变得清晰起来，画家通过主观地改变前后形体上的线的方向，使线条产生冲突，就可以有效地突出前后人物轮廓。线的阻断关系可以产生视觉紧张感，从而起到突出主体的作用；画家多次利用线的疏密关系制造视觉量感，在繁密的植物背景的衬托下，主要人物仅寥寥数笔，反而在观众的眼中形成了极具量感的视觉感受，起到了突出中心的作用。《山乡巨变》中有一幅画面，在线的组织上非常具有代表性。画面描绘的是散会的场景，主人公邓秀梅和李月辉站在画面中央的桌子旁对话，周围摆满了条凳，条凳的摆放如同荡开的水波，围绕着桌子形成两个人圈，无形中产生了一股向心的吸引力，把观众的视线引回到谈话的人身上。很显然，凳子的摆放绝对不是随意为之，

图 2-20 《山乡巨变》，作者：贺友直。（摘自《山乡巨变》（第一册），图版第 11 页）

表现语言的探索

而是画家的巧妙安排。如果逐一地去分析《山乡巨变》，可以发现这种蕴含巧思的画面不胜枚举，几乎每一张作品都不是自然形态的还原，而是渗透着画家主观意识的创意佳作。我们既可以看到画家用精到的线描刻画的人物形象，又可以发现具有西方造型特点的线构成关系，还有兼具中西透视法则的画面构图。《山乡巨变》的成功之处，正在于贺友直能够学习前人的法则，再去突破它，最终成就自己的法则。

第二节　本土化与民族化问题

2.1　概述

一些画家在本土化和民族化的道路上做出了有益的探索，进一步丰富和完善了插图的语言形式。延安木刻是在西方近现代版画和中国新兴木刻运动的基础上发展起来的，延安的木刻家们通过改造外来的语言风格，摸索出适合中国本土的新的木刻形式，即：注重线条造型，不以光影、明暗关系作为塑造形体的主要手段，大胆采用平面化、装饰化的画面处理方式，并且对复杂的客观场景进行概括处理，在表现语言上，努力探索大众化与民族化的表现手法，"洋为中用、古为今用"，力求创作出人民群众喜闻乐见的作品。古元是延安木刻的代表人物，他的插图作品明显体现出这种新的民族化特征。在现当代文学插图领域，还有不少画家自成一派，注重吸收学习民间装饰艺术，形成了极富民族气派的插图风格，代表画家有张光宇、黄永玉、张仃、夏同光、周令钊等。其中，张光宇和黄永玉在融合装饰趣味和民间风情方面，成就最为突出，他们在插图语言创新和民族化探索上取得了很大成就，影响到了整个插图界。

2.2　延安木刻风格的延续——以古元的《灵泉洞》插图为例

新中国成立后，特别是从 1949 年到 1966 年，是经典文学插图集中涌现的十七年。作为延安木刻家的杰出代表，古元和同时代的版画家们为这一时期的文学插图创作带来了独特的风格，丰富了插图的表现语言，共同推动插图创作走向高潮。一般对古元的关注集中在木刻版画方面，关于古元插图的研究并不深入。事实上，古元在插图的叙事性、再造性和艺术语言方面做出了宝贵的探索，这些在其创作的《灵泉洞》插图中得到了充分体现。本节通过这部作品，结合画家的版画作品，来探索古元怎样将延安木刻的风格及内涵延续到新中国时期的插图创作中去。

新中国建立，图书出版事业受到重视，文学插图艺术发展迅速。各个领域的艺术家都参与到插图创作中来，作品的风格也呈现出多样化的特征。在 1949 年到 1966 年的十七年间，版画插图不仅数量丰富，而且在众多表现语言中凭借鲜明、概括的视觉特征和适合印刷的天然优势，占据着重要地位。一批在延安时期就非常活跃的版画家也投入到插图创作中，他们把延安时期的艺术风格延续到了中华人民供和国成立后，使得文学插图的面貌体现出延安木刻的显著特征。例如邹雅为李季的《五月端阳》（图 2-21）和《当红军哥哥回来了》创作的插图，牛文为《红岩》创作的《小萝卜头的梦》插图，力群为赵树理的小说《登记》创作的插图（图 2-22），彦涵为《中国人民志愿军英雄传》《革命烈士诗抄》《情满青山》创作的插图，古元等人为《革命烈士诗抄》和《灵泉洞》创作的插图等。作为延安木刻的代表人物，古元为赵树理的长篇评书《灵泉洞》创作的插图是这一时期的重要作品。

图 2-21 《五月端阳》插图，作者：邹雅。（摘自《文学书籍插图选集》，图版第 52 页）

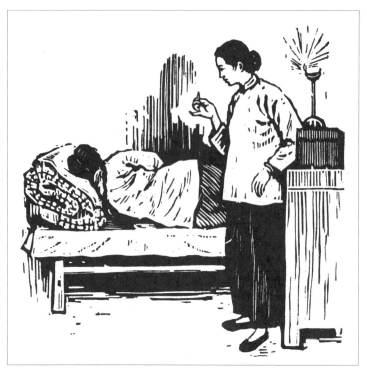

图 2-22 《登记》插图，作者：力群。（摘自《文学书籍插图选集》，图版第 18 页）

2.2.1　延安木刻风格

历史背景

　　1942 年 5 月 2 日至 23 日，在延安杨家岭中共中央办公厅一层南翼召开了延安文艺座谈会，在座谈会上发表的《在延安文艺座谈会上的讲话》（以下简称《讲话》），指出文艺要为人民大众、特别是为工农兵服务的根本方向。《讲话》明确了文艺为谁服务和如何服务的核心问题，规划出了完整的无产阶级的革命文艺路线、方针和政策[37]。文艺座谈会以后，延安的艺术家们融入民间日常，用群众能接受的形式反映人民的斗争生活和思想感情，践行文艺与政治密切结合、文艺为工农兵群众服务的宗旨。

37. 艾克恩：《延安文艺运动纪盛：1937 年 1 月—1948 年 3 月》，北京：文化艺术出版社，1987 年，第 366、367 页。

创作主体

木刻是延安时期最有代表性的艺术形式。首先，凭借"一副铁笔，几块木板"（鲁迅：《〈全国木刻联合展览会专辑〉序》）就能进行创作的木刻，具有就地取材、制作简便的特性，也更适应战争环境的需要。其次，木刻简洁、强烈、直接的视觉语言，使其成为表现革命题材和社会现实的有力工具。最后，木刻易于复制传播的特性，便于在人民群众中宣传党的文艺思想和文艺政策。延安木刻版画创作的活跃，与"鲁艺"，即鲁迅艺术学院有着密切的关系。鲁迅艺术学院成立于 1938 年 4 月 10 日（1940 年改为鲁迅艺术文学院）（图 2-23），是中国共产党为了培养艺术工作干部而创办的艺术学院，也是实现中共文艺政策的堡垒与核心[38]。1941 年调整后，鲁艺设置了文学、戏剧、音乐、美术四个部，（图 2-24）以及四个行政职能处[39]。鲁艺的美术教育以木刻最为突出[40]。1940 年前后，活跃于上海等地的江丰、沃渣、胡一川、张望、刘岘、力群等人先后来到鲁艺，担任领导或教员。这一时期培养出了彦涵、焦心河、罗工柳、邹雅、王式廓、夏风、古元、牛文等优秀的木刻家。他们既是解放区木刻的创作主体，也是新中国版画事业的奠基人。这支不断壮大的队伍，沿着新兴木刻运动的轨迹前行，在艺术大众化和创作队伍深入农村两个方面走得更远。

延安木刻风格

新兴木刻诞生于 20 世纪 30 年代的国统区[41]，是在鲁迅的积极倡议和精心指导下发展起来的进步美术运动，也是中国共产党领导的左翼文艺运动的一个组成部分[42]。新兴木刻运动受到欧洲进步艺术潮流的影响，产生于民族危机和国内政治矛盾空前激化的时代背景下，它所表现的内容是揭露社会黑暗、为大众求生存，借以激发人民群众去反抗压迫、推动社会变革。因此，新兴木刻走的是一条现实主义的道路，为 20 世纪中国现代版画的发展指明了方

38. 艾克恩：《延安文艺运动纪盛：1937 年 1 月—1948 年 3 月》，北京：文化艺术出版社，1987 年，第 61、62 页。

39. 艾克恩：《延安文艺运动纪盛：1937 年 1 月—1948 年 3 月》，北京：文化艺术出版社，1987 年，第 63、237 页。

40. 周爱民：《延安鲁艺的创立缘起及其美术教育》，《美术研究》2004 年第 2 期，第 30 页；彦涵：《谈谈延安——太行山——延安的木刻活动》，《美术研究》1999 年第 3 期，第 8 页。

41. 李树声、李小山：《寒凝大地——1930—1949 国统区木刻版画集》（李树声：《现代社会的魂魄——试论国统区的木刻版画艺术》），长沙：湖南美术出版社，2000 年，第 3 页。

42. 李树声、李小山：《寒凝大地——1930—1949 国统区木刻版画集》（李树声：《现代社会的魂魄——试论国统区的木刻版画艺术》），长沙：湖南美术出版社，2000 年，第 18 页。

向[43]。作为新兴木刻运动的组成部分，延安木刻继承和发扬了新兴木刻的现实主义传统，并且在这个基础上取得了新的成就。

新兴木刻关注的是现实生活，延安木刻更是如此。在《讲话》精神的指引下，为了深刻理解和表现人民群众的革命斗争与日常生活，延安的木刻家们身体力行，下到基层去体验生活，进行木刻创作[44]，木刻的表现内容从此有了新的转向，主要以中国共产党领导下的解放区为表现对象，描绘军民的革命斗争、生产劳动和日常生活，实现了艺术与政治的统一。古元是其中的杰出代表。古元出身农村，早年十分喜爱以描绘农村生活见长的法国画家米勒的作品[45]。在延安鲁艺的学习之后，古元响应毛泽东"到大鲁艺去再学习"的号召，到延安县川口区碾庄乡乡政府参加工作十个月[46]。基层的工作和生活是古元这期间作品的创作源泉[47]。这些以描写陕北农村生活著名的作品如《家园》《锄草》《冬学》《离婚诉》《区政府办公室》《减租会》《逃亡地主又归来》[48]等，所有画面细节都服务于一个主题，即描绘平实的、生活化的场景，以表现解放区的革命斗争和现实生活。

早在新兴木刻时期，鲁迅先生就强调："木刻是一种作某用的工具，是不错的，但万不要忘记它是艺术。它之所以是工具，就因为它是艺术的缘故。"[49]像当年的木刻青年一样，延安的创作者们也要面对如何处理艺术与政治的关系问题。新兴木刻早期学习和吸收的主要是西方进步版画家的作品，以阴影、排线、体积塑造为基本语言，这自然不符合人民群众的欣赏习惯。为了解决这一问题，木刻家们吸收借鉴了传统的年画形式[50]，以及泥塑、灶马、皮影等其他民间美术的营养[51]，发展出了画风简洁、形象理想健康、民族气息浓厚的新年画。在取材上，主要围绕生产、学习、战斗、防奸等现实生活内容，同时强调

43. 李树声、李小山：《寒凝大地——1930—1949国统区木刻版画集》(李树声：《现代社会的魂魄——试论国统区的木刻版画艺术》)，长沙：湖南美术出版社，2000年，第7页。

44. 艾克恩：《延安文艺运动纪盛：1937年1月—1948年3月》，北京：文化艺术出版社，1987年，第69页。

45. 古元：《从事版画创作的一点体会》，《文艺研究》1982年第8期，第83页。

46. 古元：《到"大鲁艺"去学习》，《美术》1962年第3期，第9页。

47. 古元：《回到农村去》，《美术》1958年第1期，第6页。

48. 古元：《回到农村去》，《美术》1958年第1期，第6页。

49. 李树声、李小山：《寒凝大地——1930—1949国统区木刻版画集》(李树声：《现代社会的魂魄——试论国统区的木刻版画艺术》)，长沙：湖南美术出版社，2000年，第5页。

50. 艾克恩：《延安文艺运动纪盛：1937年1月—1948年3月》，北京：文化艺术出版社，1987年，第102、590页。

51. 徐灵：《战斗的年画——回忆晋察冀抗日根据地的年画创作活动》，《美术》1957年第3期，第37页。

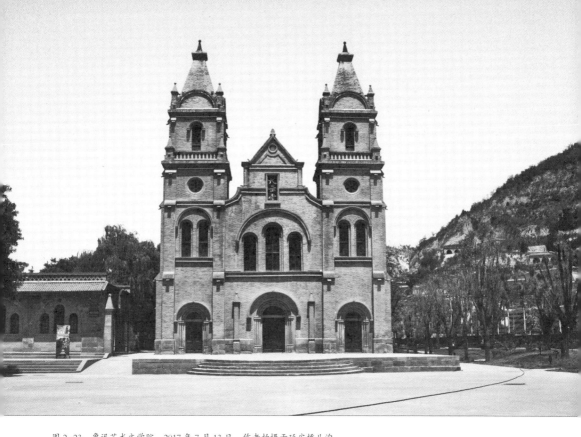

图 2-23　鲁迅艺术文学院。2017 年 7 月 13 日，作者拍摄于延安桥儿沟。

图 2-24　鲁迅艺术文学院—美术系旧址。2017 年 7 月 13 日，作者拍摄于桥儿沟。

"尊重民间的风习、道德"[52]。为了适合老百姓的欣赏习惯，在线条和色彩上力求单纯、刚健、鲜明、欢快[53]。代表作品包括古元的《拥护咱老百姓自己的军队》《讲究卫生》《人兴财旺》，彦涵的《军民合作》《抗战胜利》，力群的《丰衣足食图》，沃渣的《五谷丰登，六畜兴旺》等。

除此以外，一些文艺工作者还注意到了陕北的民间窗花，他们试着用剪纸来表现现实生活，创作出新的样式，并且反过来给木刻以积极的影响。在古元的《新窗花》（图2-25）、夏风的《站岗放哨》《夏锄》、罗工柳的《卫生模范寿比南山》等作品中，我们可以看到，光影的因素被完全排除，木刻家们根据画面需要安排黑白关系，注重表现物体的边缘线、固有色和肌理，使得画面更具有传统民间艺术风格。古元更是把自己的木刻画拿到群众中去检验，把农民当作老师，诚恳地接受他们的建议和批评。当群众反映不习惯"复杂的背景"，看不懂"阴阳脸""麻子脸""排线条"这些西式的表现方法时，古元就根据大家的意见，舍弃生搬硬套的手法，从民间美术中探索群众喜爱的形式[54]。

52. 叔亮：《从延安的新年画运动谈起》，《美术》1957年第3期，第36页。
53. 艾克恩：《延安文艺运动纪盛：1937年1月—1948年3月》，北京：文化艺术出版社，1987年，第485页。
54. 古元：《到"大鲁艺"去学习》，《美术》1962年第3期，第10页。

图2-25 《新窗花：民兵、植树、送饭、读书认字、读报》（剪纸木刻），作者：古元。（摘自《延安鲁艺》，图版第142、143页）

以古元为代表的木刻家，通过不断探索，逐渐形成了特色鲜明的延安木刻风格：注重用线造型，采用平面化、装饰化的处理，在表现语言上努力探索大众化与民族化的创作手法。延安木刻是在西方版画和新兴木刻的基础上发展起来的，但与它们相比，延安木刻主要根据画面需要、而非客观现实，来灵活安排黑白关系，并且对复杂的客观场景进行概括处理，不以光影、明暗关系作为塑造形体的主要手段，因此，在画面中往往呈现出更强的主观性。延安木刻通过进一步改造外来的创作风格，融汇出新的形式语言，探索出人民群众喜闻乐见的作品形式。

延安时期的木刻插图

延安的木刻家们向民间美术学习的努力，也辐射到了木刻插图和连环画的创作中。插图和连环画历来就有教化的功能，它们是具有语言转述性质的图画，主要用作信息传达，放在书中，可以帮助读者形象地理解文字的内容[55]。此外，木刻插图、连环画适应了当时严峻形势的需要。插图（连环画）主要是通过载体（出版物）和读者见面的，最终效果和印刷的技术条件关系很大。黑白木刻强烈的对比关系具有先天的印刷优势，并且能在方寸之间发挥出最大的能量。因此能够克服当时印刷条件的限

55.高荣生：《插图全程教学》，北京：中国青年出版社，2011年，第165页。

制，成为特定时期插图、连环画的常见表现形式。

延安的木刻家们既从事版画创作，又兼顾插图与连环画。这一时期的代表作品有：古元的《周子山》《同志，你走错了路》，彦涵的《民兵的故事》《狼牙山五壮士》，力群的《小姑贤》等。这些作品都是时代的缩影，它们与文字共生，所表达的思想内容也与文学作品是一致的。延安木刻家们的实践，对新中国成立后插图、连环画地位的提高，以及系统化的专门研究提供了宝贵的经验。需要指出的是，解放区的插图和连环画创作由于受到诸多条件的限制，与外界的交流相对较少。另外，创作主体多为木刻家，在创作方法上，主要来自于他们的实践，包括借鉴民间造型元素、简化阴影和背景、突出主要人物等。新中国成立以后，基于延安木刻而发展起来的插图风格代表了主流意识形态的审美特征，在审美样式上影响着大众的欣赏习惯，并且在新中国文学插图创作中充分体现出来。

2.2.2 插图《灵泉洞》与民间木刻

古元在长期的艺术实践中积累了丰富的经验，创作了很多深受人民喜爱的版画作品。在插图创作上，画家仍然延续延安时期"雅俗共赏"的创作理念，始终把握人民群众的欣赏口味，同时兼顾作品的艺术性。古元根据赵树理的长篇评书《灵泉洞》所作的插图就体现出延安木刻的显著特点。

赵树理的小说《灵泉洞》

《灵泉洞》的作者赵树理（1906-1970）是中国当代文学史上的重要作家，其文学创作充分反映出中国农村半个世纪以来的变化历程。《灵泉洞》（上部）以评书的形式写成，表现了抗日战争时期灵泉洞人民在反动派的压迫下奋勇抗争的事迹，具有浓厚的地方特色。赵树理长期扎根山西农村，熟悉农民生活，注重照顾农民群众的审美取向，坚持走民族化和大众化的道路，这些都和古元的艺术创作经历十分相似。古元有长期在农村基层工作的经验，对于赵树理小说反映的生活内容比较熟悉。古元的创作风格以写实为主，考虑到农民的欣赏习惯，画家有意识地吸收民间美术的营养，对西方写实手法加以改造，发展出了具有民族特点的表现语言，在艺术气质上，与赵树理兼具现实主义精神和民间文学传统的小说原著很协调。

古元的《灵泉洞》插图与其版画创作的联系

小说《灵泉洞》附有古元创作的黑白木刻插图三幅（以作家出版社1959年3月北京第

一版，北京第一次印刷本为例），基本延续了作者延安时期的一贯风格——刀法简洁，造型概括，黑白层次分明（图2-26）。作品以人物形象塑造为主，通过动态表现人物身份和情节冲突，背景环境做简化处理。更重要的是，画面中大部分的黑白关系都是基于事物的固有色建立起来的，这和民间美术的表现方法相一致；在人物形象塑造上，以线条造型为主，可以看到画家对于剪纸造型和中国传统木刻线条的借鉴，这些表现手法符合民众的欣赏习惯，避免了人物形象塑造中的"阴阳脸"问题，也使整套插图画面显得简洁、明快，呈现出延安木刻的显著特征。

"小兰洞中做针线"就是《灵泉洞》插图中比较典型的例子（图2-27），插图对应的原文如下：

> ……小兰入洞之后，三家有什么针线活，就让金虎在给小兰送东西时候带到洞里找小兰做。在这洞里安个家真不容易——除了不用到外边取水以外，连修灶火用的土也是金虎从外边运来的。最费的是灯油和柴，不论白天黑夜，见做活就得点灯，一月就得五六斤大麻油，把三家种的大麻差不多让一个人用完了。[56]

在漆黑的山洞里，一盏油灯映出小兰的侧影，她的上身略向前倾，凑近光源，正专注地做手里的针线活儿。从画面上看，这张插图如实再现了原文内容，以创造"典型环境中的典型形象"，丝毫不加以迂回改造，属于直叙性语言转换[57]。画中小兰选取了侧面形象，这是剪纸艺术中常见的表现方式。人物轮廓用黑线勾勒，按照固有色安排形体内部的黑白关系，加上衣服的装饰性肌理，使得画面与古元延安时期的剪纸木刻作品非常相似。

民间剪纸是延安的木刻家们学习借鉴的重要源泉。古元曾经亲自去"三边"（安边、定边、靖边）分区考察陕北民间窗花，通过对剪纸艺术的借鉴，既兼顾了群众的欣赏口味，又为木刻语言的拓展带来了积极的变化。在剪纸艺术中，黑白形状与物象的轮廓基本吻合，或者在物象轮廓的基础上加以变形夸张，主观的因素更多，这也是不依赖光影造型的典型方式。剪纸中蕴含的这种黑白造型关系，使其可以被涉足于黑白木刻艺术中[58]。

56. 赵树理：《灵泉洞》，北京：作家出版社，1959年，第53页。
57. 高荣生：《插图全程教学》，北京：中国青年出版社，2011年，第166页。
58. 高荣生：《黑白涉步》，石家庄：河北美术出版社，1996年，第22页。

表现语言的探索

图 2-26 《灵泉洞》插图，"金虎为小兰母女鸣不平"，作者：古元。（摘自《灵泉洞》，图版第 45 页）

    《识一千字》是古元在 1943 年创作的一张剪纸木刻（图 2-28），作者对于黑白关系的处理主要依据固有色的亮度和物象的剪影。居中相对的两人，以衣服的固有色作为参照，在黑白中保留一些反色的装饰性图案。背景选取了几株植物的剪影。植物形状相同，左右对称，内部结构用反色轮廓线交代清楚，这种造型方式也体现出装饰性绘画的特点。《识一千字》中学习认字的妇女和《灵泉洞》插图中的小兰非常相似，二者的动作、黑白关系如出一辙。此外,《识一千字》的浓重边框使画面中的空白具有了形象的可见性,被认为是"空无"的白色被凸显出来,黑白形的双重作用,使画面的整体效果变得丰富。对比《灵泉洞》中的小兰插图,画面中也存在使观众产生白形意识的类似表达,灯光下的小兰被大面积的黑色笼罩,人物局限在小块白形中,显示出洞中空间的狭小、生存环境的恶劣,更使观众对小兰的处境产生同情。黑、白形状的处理和二者之间的相互作用,是这件作品给人以深刻印象的主要原因。因此,可以看到,在《灵泉洞》插图中,民间剪纸中的黑白表现方式给了木刻很大的启发,画家创作的主观性更强,基本舍弃了灰调子,完全根据画面需要,而非实际的光影效果来安排黑白关系,从而使插图的故事性和戏剧性得到强化。

图 2-27 《灵泉洞》插图,"小兰洞中做针线",作者:古元。(摘自《灵泉洞》,图版第55页)

表现语言的探索

图 2-28 《识一千字》(剪纸木刻，1943 年)，作者：古元。2017 年 7 月 13 日，作者拍摄于延安革命纪念馆。

2.2.3 《灵泉洞》插图与延安木刻的现实主义风格

在《灵泉洞》的另外一幅插图"田金虎激辩刘承业"中，我们看到了另一种表达方式。插图对应的原文如下：

刘承业又指住金虎放开嗓门子去骂，可是一张开嘴，气又喘不上来，憋得他又坐回椅子上去。这时候，张兆瑞抢到他跟前给他揉胸，劝他不要和金虎这个"傻瓜"较量，那个老年人怕金虎惹出事来也劝金虎少说几句，忙成了一阵才又稳定下来。[59]

这段文字是小说中的一个高潮：围绕减租，青年农民田金虎与地主刘承业展开了针锋相对的斗争。金虎在辩论中有理有据，最终在气势上压倒对方，不仅自己退了租，还极大地影响了群众，使刘承业企图鼓动大家种地、免得自己秋后颗粒无收的诡计没有得逞。画家基于故事情节，设计了一幅双方激烈辩论的场景。画面显示出强烈的向中心聚集的趋势，焦点集中在田金虎和刘承业身上。这二人处在相互对立的位置，金虎在与地主的较量中占上风，于是乘胜追击，将刘承业驳得理屈词穷，两人的手部动作强化了这一冲突。插图作者还将中心人物旁边的背景留白，进一步突出了视觉中心。为了适应竖构图的需要，人物呈环形排列，衬托出画面中央的主要人物。这种布局既和画家的表现目的一致，又符合插图在书籍中的版式要求（图2-29）。

面对这幅插图，很容易使人联想到古元在延安时期创作的著名木刻作品《马锡五调解诉讼》。在矛盾冲突的处理上，画家采取了颇为相似的表达。

插图服务于特定的文字内容，普遍带有叙事性，欣赏插图离不开与之相关的文字，这也是插图与一般独立性绘画最大的区别。但是，也有一些艺术作品，虽然不是为特定文字所创作，但具有强烈的叙事特征，因此，我们可以认为这类作品也具有插图的性质。在这一点上，《马锡五调解诉讼》是一个典型的代表，这件作品也是古元站在政策高度，对人民进行宣传教育作用的范例[60]。《马锡五调解诉讼》是根据一件真实的婚姻纠纷事件创作而成。1942年的陇东分区，年轻人封芝琴与张柏自由恋爱，却遭到父亲的反对。封父将女儿许给一个富商，张柏前去抢婚，而被当地抗日民主政府判了刑。封芝琴不服，去分区政府告状，经过详细调查审理，陇东分区专员马锡五认定封芝琴与张柏的自由结合是受到法律保护的，从而保障了边区群众的婚姻自主权[61]。《马锡五调解诉讼》的画面如同一座舞台，充满戏剧性的表现因素。围绕马锡五现场调解双方矛盾这一关键情节，画家对众多人物形象进行有序的组织，将复杂的场景从容地展现出来。我们首先看到，画面表现的是矛盾双方对峙的场景。根据故事内容，可以知道，封芝琴、张柏的婚恋自由受到马锡五的支持，这三个人物是正方。以正在向群众说理的马锡五为首，在画面中显示出向右运动的动势。代表旧婚姻制度的反方——爱财的封父最终被驳倒，因此呈现出向后退却的趋势。画面中的力感也表现在画面的空间关系上[62]，例如，处在画面空间中所有人物的动态，都具有指向中心位置的趋势，使

59.赵树理：《灵泉洞》，北京：作家出版社，1959年，第128页。

60.《古元纪念文集》编辑委员会：《古元纪念文集》（刘蒙天：《回忆古元同志点点滴滴》），北京：人民美术出版社，1998年，第52页。

61.《古元纪念文集》编辑委员会：《古元纪念文集》（刘蒙天：《回忆古元同志点点滴滴》），北京：人民美术出版社，1998年，第52页。

62.鲁道夫·阿恩海姆：《艺术与视知觉》，成都：四川人民出版社，2001年，第517、518页。

图 2-29 《灵泉洞》插图，"田金虎激辩刘承业"，作者：古元。（摘自《灵泉洞》，图版第 129 页）

观众最终把目光停留在核心人物马锡五这个画面焦点上，如同画中的群众，看他如何调解这场诉讼。虽然画面场面宏大、人物众多，但是不管从哪个方向开始观赏这幅作品，最后都会把注意力集中到核心人物的冲突上，从而展示出有序的复杂画面（图2-30）。在这些方面的处理上，《马锡五调解诉讼》与"田金虎激辩刘承业"一图可谓有异曲同工之妙。

通过对比，我们可以看出，古元在新中国成立初期创作的木刻插图，与延安时期的版画创作有着紧密的联系。特别是在《灵泉洞》插图上的实践，是版画家对于延安木刻中现实主义、民族传统、艺术语言运用等多方面的综合表达。

2.2.4 结语

古元是延安木刻版画的一位杰出代表，但同时，他的艺术创作活动也是多样的。古元带有鲜明的延安木刻风格的插图作品可以看作是新中国文学插图创作整体中的一个典型范例，在创作语言和创作方法上都为现代插图开辟了道路。

古元的创作活动跨越革命斗争和社会主义建设的年代，经历了文化艺术和出版印刷事业从艰难起步走向蓬勃发展的特殊时期。置身于这样的出版文化图景中，古元创作《灵泉洞》插图也代表了当时的一种趋势。很多优秀画家由于良好的专业功底，早年常有从事插图、连环画创作的经历。新中国成立以后，他们加入到新中国书籍艺术的创作队伍中，成为一名插图画家。他们利用各自的专业背景从事插图创作，将自身的专业技巧和对插图的理解带入到这个领域中，形成了具有多种表达方式和符合新时期需要的现代插图语言，从而打破了传统插图、连环画的原有格局。

像《灵泉洞》这样具有明显社会主义文艺特征的小说，无疑是在政府和相关部门的直接关注下重点打造的体现新中国政治、思想和文化观念的代表作品。这些新时期文学插图的作者通过不断的实践，形成了与民间专门从事插图、连环画的作者完全不同的创作理念和风格，用这种新的创作方式建立起新中国插图、连环画艺术的语言体系，并在此后的很长一段时期里影响和改变着人们对于插图、连环画视觉形态的认知。

必须指出的是，古元的作品也使插图的本土语言得到了极大的发扬。从艺术历程来看，古元并不能算是传统插图的继承者，他的实践更多地采用西方木刻的表现技法，但是，在延安文艺座谈会讲话精神的指引下，古元逐渐摆脱了洋教条、洋框框的限制，在实践过程中深入生活、深入人民群众，并且从民间艺术中吸取营养，努力探索大众喜闻乐见的表现形式。我们透过《灵泉洞》插图看到的，是一位延安走出来的木刻家，使用了既不同于西方也区别

图 2–30 《马锡五调解诉讼》，·作者：古元。(摘自《延安鲁艺》，图版第 131 页)

于传统的表现语言，创作出来的具有中国气派的插图作品。

2.3 民间装饰风格插图

除了传统绘画和西方绘画，一些插图画家还注重向民间的美术以及其他艺术形式学习，向民间的智慧学习，从中提炼出适合自身的艺术语言。这类作品强调形式感和装饰性，造型夸张、风格独特、充满奇趣，为现代文学插图带来了一股新风。

张光宇是中国 20 世纪一位天才的艺术家。他的艺术成就既高，而且涉猎广泛，形式多样，作品涵盖漫画、插图、连环画、影视戏剧美术、装饰、广告、字体等很多方面，在中国现代设计和艺术教育领域也有着重要的影响。张光宇的插图与众不同，既不重复别人，也不落俗套，难怪有人称他是一位"从未污染过大众视觉的艺术家"[63]。初次见到张光宇插图的人，可能会大吃一惊："画还可以这样画？"有点搞不懂画家是什么"路子"。对这种既不符合西方造型特点，又不像中国传统绘画的风格，画家自己解释说："我的来头，一个是民族民间，另外对墨西哥、德国的东西比较懂。""我各种风格都接触，不想定型。但客观上形成风格。""西洋画一开始画素描，中国画·开始画勾勒，都是黑白画。我们两种都要学。"[64] 由此看来，张光宇的艺术有着多重来源，他广泛吸收中外艺术的造型特点，包括从东方民间美术到墨西哥画家珂弗罗皮斯等人的艺术风格，融会古

63.唐薇、黄大刚：《瞻望张光宇：回忆与研究》，北京：人民美术出版社，2012 年，第113 页。

64.张光宇：《张光宇文集》（《黑白画》），济南：山东美术出版社，2011 年，第 152、153 页。

今中西，自成一派，形成了奇趣、稚拙、概括、雅俗共赏的独特面貌。选题上，张光宇擅长表现古代题材的插图作品[65]，特别是为民间文学作插图，数量颇丰，例如：《水泊梁山英雄谱》（1949）、《杜甫传》（1951）、《玫瑰花的故事》（民间

65. "我的作品中表现现代题材的很少。"张光宇：《张光宇文集》（《黑白画》），济南：山东美术出版社，2012年，第152页。

图 2-31 《房屋的故事》插图，作者：张光宇。（摘自《张光宇插图集》，图版第 20 页）

66.张光宇:《张光宇文集》,
济南:山东美术出版社,
2012年,第152页、年表第
229～233页。

故事,1953)、《画上的媳妇》(民间故事,1954)、《神笔马
良》(1955)、《孔雀姑娘》(民间故事,1957)、《太阳与月
亮》(民间故事,1957)、《牛仔王》(1958)、《中国民间故
事集》(民间故事,1959)、《中国民间故事选集》(民间故

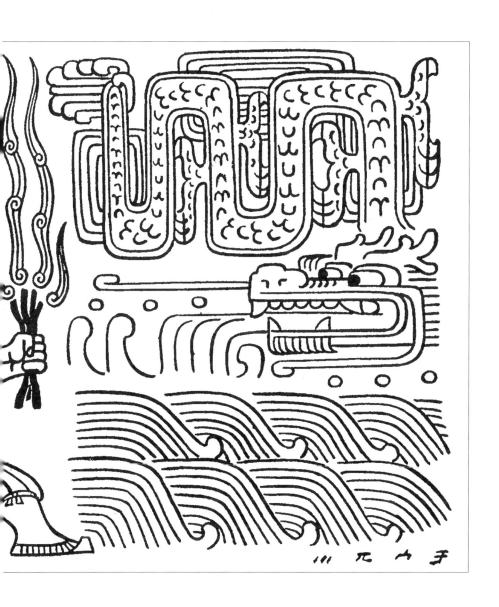

事《木马记》《望夫云》《青蛙骑手》《长发妹》，1959）等[66]。张光宇的作品具有鲜明的个人风格，他不像别的画家那样模仿客观世界，力求贴近对象，而是对画面进行个人化的处理，使构图和造型呈现出形式的法则和装饰的美感。线条是画家最擅长使用的表现语言，大量规则线的使用，不仅产生独特的视觉美感，而且强化了画面的秩序，使观众感受到画家作画时的理性思考和营造法则。再仔细观察张光宇的画作，彩陶、青铜器、瓷器、壁画、雕塑、年画、石碑、明锦、青绣、戏曲……似乎都有所借鉴，经过天才式的融合加工，最终形成属于画家自己的独特的造型语言。

张光宇曾经说过："……我们的美术工作者，忙乱些什么呢？我们有多少人真能摸摸我们祖国遗产的深厚？从彩陶、青铜器直到明代工艺品的造型与图案的惊人处，曾轰动得如何程度！"[67]他还指出："欣赏要广泛。把多种多样的作品比较一下，在心目中有尺寸。"[68]由此可见，画家十分重视古代艺术，将其视为本民族的骄傲，而且提倡博采各种艺术形式之长，最终形成自己的语言风格。在张光宇的插图作品中，随处可见画家对古代绘画的借鉴，以及跨媒介、跨领域的艺术语言探索。图 2-31 是贵州水家族故事《房屋的故事》的插图，插图表现的内容是："龙和虎急急忙忙逃出来，老虎窜进了山林，龙躲到了海底。小伙子忙把火扑灭，重新盖起了那所草屋。"张光宇把故事中的主要形象排列得整整齐齐，类似汉代画像石刻的构图[69]，形象用规则的线条勾勒，使人想起古代青铜器的装饰纹样。在中国传统造型中借鉴和吸收装饰性的构图原则和绘画风格，使得画面充满古拙之美，正与民间故事所特有的古老纯朴的艺术氛围完美地契合。

张光宇的插图具有很强的装饰性，尤其注重线条的组织，体现出特有的图案美感，表明画家对于形式语言也是格外重视的。图 2-32 是《孔雀公主》的一张插图，对应的文字内容是："召树屯灵巧地爬进毛管里去。"画家独具匠心，从微观的角度来表现这个场景，用规则线描绘羽毛的肌理，线条的排列方向、间隔距离和宽窄变化保持了高度一致，既组成了丰富的灰调子，又传达出细腻的韵律美感。这种独特的规则感使得画面的装饰性得到强化。另外，线条的组织方式可以体现出相应的时

67. 张光宇：《张光宇文集》（《装饰美术的创作问题》），济南：山东美术出版社，2011 年，第 109 页。

68. 张光宇：《张光宇文集》（《谈民间年画与欣赏》），济南：山东美术出版社，2011 年，第 89 页。

69. "自然界绝没有像装饰画里所描写的花草树木鱼虫鸟兽等排列得整整齐齐，如埃及壁画和武梁祠石刻艺术中所表现的那样给人印象之深，就是他们有明显的装饰构图的缘故。"张光宇：《张光宇文集》（《装饰诸问题》），济南：山东美术出版社，2011 年，第 133 页。

代特点，规则线造型既可以表达传统气韵，也可以体现出现代美感，这张插图则将两者合二为一，形成了鲜明独特的个人风格。图 2-33 是《孔雀公主》的另一幅插图，表现的内容是："那只敏慧的猴子引着召树屯从蟒蛇的脊梁上飞跑过对岸去。"画面中出现了点与线的组合，一般来说，点是静止的，线是有动感的，张光宇用点的密集组合表现背景中不动的群山，用富于动感的曲线描绘近景的人物、动物和水流，凸显出人物从蛇背上飞跑而过的动态。点和线是两种差异很大的画面元素，画家能够将二者完美地结合在一起，主要是通过合理安排点线的主次关系来达到的。图 2-34《麦收》插图是一件典型的具有装饰性构图及图案美的作品，和一般插图比起来颇显"另类"。张光宇认为："装饰构图就是不受自然景象的限制，往往是服从于视觉的快感而突破平凡的樊笼，往往是一种向上的或者飞升的能鼓起崇高超越精神的一种形态。"[70]《麦收》插图主要利用均衡和重复的手法来表现，画家把人和麦田的形象压扁、平铺于纸上，如同夹在书里的动植物标本，并且通过物象的重复，使麦穗成为构成画面的图案元素。人物放在画面中轴线位置，以及多条平行线等距离排列的做法，往往是绘画中的"禁忌"，插图画家通常不会这样表现，然而，人们的本能却又是爱好装饰和图案美的，看惯了"常规"的画面以后，再看到张光宇这种平面装饰中透出生动活泼的处理，观众无疑觉得眼前一亮，完全沉浸在其营造的优美的装饰氛围中。

　　黄永玉也是善于调动不同艺术手法创作富于民族风情和民间装饰韵味插图的画家。黄永玉创作的儿童文学和民间文学插图，数量众多，而且富于民间气息，大多采用木刻版画的形式，具有很强的个人风格。画家曾受中央美术学院院长江丰委托，专程去荣宝斋向老匠人学习木版水印技术。这种独特的艺术手法，后来成为他插图创作的一个重要特点。另外，他的故乡湘西凤凰地区有着浓厚的少数民族文化及艺术氛围，这种成长环境也为画家研究民间美术和装饰艺术提供了取之不尽的视觉艺术资源。在《湘西民谣》《阿诗玛》和《葫芦信》等插图中，传统线描、油印木刻、水印木刻、民间年画、装饰绘画等各种艺术形式均有使用，无论题材还是表现手法，都体现出强烈的民族风格，成就了其独一无二的艺术特色。此外，民间装饰风格插图一派还有夏同光的《玉仙园》《铸剑》《菲功》，周令钊的《刘三姐》《王贵与李香香》，王治华的《望夫石》，袁运甫的《南行记》等，他们的插图作品，也为弘扬当代文学插图中的民族艺术语言，做出了重要的贡献。

70. 张光宇:《张光宇文集》（《装饰诸问题》），济南：山东美术出版社，2012 年，第 133 页。

表现语言的探索

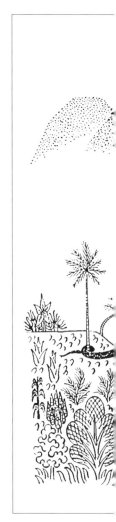

图 2-32 《孔雀公主》插图，作者：张光宇。（摘自《张光宇插图集》，图版第 27 页）

第三节 当代文学插图创作中的外来影响

3.1 概述

清末民初，随着西方印刷技术和西方文艺思想的传入，我国传统插图的面貌发生了巨大改变[71]。20 世纪 30 年代的新兴版画运动和此后在解放区蓬勃发展的延安木刻，对新中国文

图 2-33 《孔雀公主》插图，作者：张光宇。（摘自《张光宇插图集》，图版第 26 页）

71."明清以后，随着西方铜版、石版、照相制版等现代印刷术的传入和现代图书装帧、装订业的兴起，尤其是西洋绘画技法的传播，使我国图书插图发生了很大变化。原先单一的木版水印方式被各种新的印刷手段所替代，以线描造型为主的绘画方法受到各式各样艺术流派、绘画手段的冲击，近现代中国插图出现了崭新的面貌。"刘辉煌：《中国插图史述略》，《装饰》1996 年第 6 期，第 17 页。

学插图的面貌产生了重要影响。鲁迅先生倡导的新兴版画运动，不仅使木刻走上了复兴的道路，也推动了现代插图艺术的发展。鲁迅介绍了很多优秀的外国版画和插图到

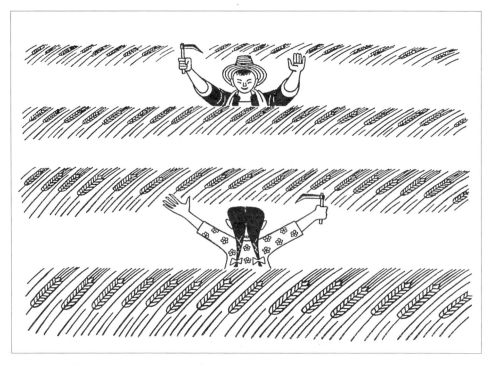

图 2-34 《麦收》插图，作者：张光宇。（摘自《张光宇文集》，图版第 98 页）

中国来，其中主要是德国表现主义和苏联现实主义的作品。德国表现主义版画具有很强的批判性，它关注社会的苦难，突出表现人类精神层面的分裂与痛苦。苏联版画则在关注现实的同时，还融入了深厚的人文格调，使作品散发出诗一般的感染力。鲁迅编印的相关作品包括《近代木刻选集》《蕗谷虹儿画选》《比亚兹莱画选》《新俄画选》《梅斐尔德木刻士敏土之图》《引玉集》《木刻纪程（壹）》《阿庚百图》等，对整个社会文化领域的改造，唤起民众对现实的关注，都起到了很大的示范和宣传作用。新兴木刻运动培养的人才，大部分也投身于三四十年代进步的书报插图事业中[72]，这些实践与努力，为新中国成立初期的插图创作提供了宝贵的参考。

　　1949 年以后，中国进入了社会主义建设新时期，与苏联在经济、文化、教育等领域进行了前所未有的密切交流。同为社会主义国家，中苏两国在很多方面有着相似

72. "在三四十年代国统区，许多进步刊插图及后来解放区的报刊插图作者大部分是当年新兴木刻运动造就的人才。"刘辉煌：《中国插图史述略》，《装饰》1996年第6期，第17页。

73. "俄罗斯绘画大师们都参加过文学插图事业。如列宾、克拉姆斯科依、苏里科夫、弗鲁别利等人都为普希金和莱蒙托夫画过单幅插图。"周进修：《难忘的插图艺术》，天津：天津人民美术出版社，2004年，第1页。

74. 高荣生：《插图全程教学》，北京：中国青年出版社，2011年，第7页。

75. "最早反映中苏关系的'苏联宣传画和讽刺画展览会'，1951年4月在北京展出后，之后相继有各种类型的苏联美术展览到中国来展出。"陈履生：《革命的时代：延安以来的主题创作研究》，北京：人民美术出版社，2009年，第63页。

76. 伍必端先生以自己在列宾美院版画系的毕业创作展为例，列举了同届同学为作家托尔斯泰的名著、莫泊桑的短篇以及蒙古文学所作的插图。摘自笔者2012年10月21日对伍必端先生的访谈记录。

77. 伍必端先生认为，插图专业能在版画系创立是有便利条件的，因为版画家队伍中的古元、李桦、彦涵、黄永玉等人都从事过插图创作，可谓实力强大，硕果累累。摘自笔者2012年10月21日对伍必端先生的访谈记录。

78. "本来学校要派我去苏联留学，但因为中苏关系破裂而被取消。虽然遗憾，但能作为在职研究生跟随罗工柳先生学习油画，仍感荣幸！虽然时间缩短，不到一年，但我在油画用色技巧上有了很大提高。"杜少虎：《红色经典——油画家孙滋溪访谈录》，《美术观察》2007年第8期，第36页。

的经历，苏联在建设初期走过的道路和取得的成就，对新中国具有很大的示范作用，中国开始全面向苏联学习。在文化艺术领域，我国的插图创作也明显受到苏联的影响。苏联插图（特别是苏联文学插图）植根于深厚的俄罗斯文学沃土中，继承了19世纪末20世纪初俄罗斯插图的优良传统[73]，坚持写实主义和现实主义的艺术原则，以严谨的创作态度、坚实的造型功底、新颖的表现手法和鲜明的民族性格闻名于世。著名插图画家高荣生先生认为："苏联插图艺术的整体水平位于世界前列，这是一种良性的影响，对中国插图艺术的发展具有外力推动作用。"[74] 从1951年起，相继有各种风格类型的苏联艺术展览来到中国[75]，苏联也派出美术方面的专家来华讲学，《青春之歌》插图的作者、画家侯一民就毕业于马克西莫夫在中央美院举办的"油画进修班"。此外，派遣留学生是新中国向苏联学习的一个重要举措。从1953-1961年，新中国陆续派遣留学生到苏联学习，著名插图画家伍必端就是其中一员。据伍必端先生回忆，虽然在苏联的美术学院（列宾美术学院）里并没有设置插图专业，但对于教师和学生来讲，创作文学插图已经成为一种常态[76]。受到苏联美术学院重视插图的影响，伍必端回国后，在中央美院版画系筹建了新中国第一个插图专业[77]。后来，《林海雪原》插图的作者孙滋溪调任插图工作室第二任主任。孙滋溪先生在学生时代因为中苏关系恶化的缘故，未能留学苏联，但他在研究生阶段，曾跟随留苏的罗工柳先生学习过油画，因此在创作上深受苏联美术的影响[78]。在此后的四十多年中，插图工作室为国家培养了众多优秀的专业人才。其中的代表画家有第九届全国美展插图金奖获得者、经典插图《骆驼祥子》的作者高荣生，《墙》的作者丁品，《倪焕之》的作者王智远等。

表现语言的探索

3.2 苏联文学插图举要

苏联插图在创作理念和艺术面貌上与西方截然不同，它遵循的是现实主义的创作原则，注重造型基本功和艺术表现力，特别是在表现难度较高的形象塑造和图文关系上有自己的独到之处。俄罗斯绘画大师列宾、克拉姆斯科依、苏里科夫、弗鲁别利、谢洛夫等人都参与过文学插图创作（图 2-35），我们还可以从鲁迅先生引介的《死魂灵百图》（阿庚作）中一窥苏联插图的水准。苏联文学插图承前启后，而且人才辈出。老一辈木刻家法沃尔斯基和克拉甫琴科为俄罗斯和欧洲文学创作的插图作品，多采用木刻的形式，画面严谨细腻又不失生动，他们的作品在版画和插图两个领域为人称道。1944—1954 年，著名画家施玛里诺夫用十年时间完成了《战争与和平》插图，对这部文学巨著的热爱，支撑着画家义无反顾地投入到这漫长的创作中，《战争与和平》的创作经历在世界插图史上绝无仅有，也是苏联插图史上的标志性成就[79]。施玛里诺夫在人物形象塑造上下了苦功，他仔细研究了小说中 15 个主要人物的艺术原型，并特意找来模特，以求更好地表现出有血有肉的艺术形象，最终，这部作品取得了巨大的成功，也准确地契合了读者的心理预期[80]。施玛里诺夫的这部作品影响深远，在后来苏联导演邦达尔丘克拍摄的电影《战争与和平》中，我们可以看到与这部插图中的人物形象酷似的娜塔莎、彼埃尔和安德烈（图 2-36）。中国读者最熟悉的插图画家当属库克雷尼克塞。这个以"库克雷尼克塞"为笔名、实际上是由三位画家组成的群体，在反法西斯战争中创作出了大量脍炙人口的作品，极大地鼓舞了苏联人民的战斗勇气。他们为契诃夫小说所作的插图，还被中国的小学语文课本收录[81]。库克雷尼克塞是绘画艺术的多面手，无论用线造型还是借助光影造型都能得心应手。他们的作品普遍具有构图奇绝、暗藏深

79. "苏联著名插图画家施玛尼诺夫所以能画出《战争与和平》那样成功的插图作品，除其他因素外，他对这部文学名著的酷爱和想为它插图的强烈激情，是一个重要的原因。他十岁时就开始读这部书，边读边画了几幅他称为'儿童画'式的素描，此后据说他就把这部文学巨著作为自己最珍爱的案头书，不止一次地想为它画插图，只是由于对自己的能力缺少信心而没有动手，直到他三十七岁时，才着手这套插图的创作，他倾注了自己的全部感情和智慧，用了差不多十年的时间，终于完成了这部稀世的插图杰作。由此可见，只有使画家酷爱的文学作品，才能激发起画家强烈的创作欲望，在这欲望推动下去成功地进行创作。"孙滋溪：《插图教学的特点与措施》，《美术研究》1987 年第 3 期，第 29 页。

80. 周进修：《难忘的插图艺术》，天津：天津人民美术出版社，2004 年，第 20 ~ 21 页。

81. 库克雷尼克塞是三位画家组成的创作小组，由库布里亚诺夫、克雷洛夫和索科洛夫共同创作契诃夫小说《装在套子里的人》《变色龙》和《万卡》插图，收录在我国 80 年代小学语文课本中。

图 2-35 《*The Hermit and the Bear*》（《*Illustration for Ivan Krylov's fable of the same name*》），作者：Valentin SEROV（瓦连京·谢洛夫）。（摘自《*Valentin SEROV：The First Master of Russian Painting*》，图版第 46 页）

图 2-36 《战争与和平》插图，作者：施玛里诺夫。（摘自《难忘的插图艺术》，图版第 21 页）

表现语言的探索

意、轻松幽默的特点，对中国插图画家产生了深刻的影响。还应提到的是苏联文学名著《静静的顿河》插图与它的作者韦列依斯基。《静静的顿河》是苏联插图史上的经典之作，也备受中国插图画家的推崇。与《战争与和平》近似，这套作品的创作耗费了画家极大的心血，最后亦成为同名影片挑选角色的主要依据。《静静的顿河》插图的经典之处，不仅在于精湛的绘画技法，更在于内容传达的深度，画家在创作思维上颇下了一番功夫，巧妙地将自己的理解融入视觉语言的转换中，这种间接的语言转换方式不仅使插图具有了独立的价值，更让读者回味无穷（图2-37）。平克塞维奇、杜宾斯基与韦列依斯基的画风类似，他们都是擅长用黑白语言造型的大师，而且风格极为概括。平克塞维奇的插图作品主要集中在《星火》杂志里，鉴于杂志的出版频率和绘制要求，没有高超的绘画水准难以胜任这项工作。杜宾斯基为盖达尔的小说《丘克和盖克》《远方》所作的插图、契诃夫小说插图以及库普林小说插图等都是苏联插图史上的经典作品（图2-38）。《真正的人》是一部重要的插图作品，它的作者是多次来华访问的画家茹科夫。这部作品的表现语言和创作思维都非常具有代表性：采用素描形式表现画面，这在插图创作中比较少见，体现了画家高超的造型功底。另外，画家特别擅长人物的内心描绘，心理活动往往是非常复杂的，传达出来的表情和动作也是因人而异，非常考验创作者的观察力。画家通过最难以描绘的人物表情和不易觉察的肢体语言，间接地传达出主人公内在的心境，使人物形象鲜活起来。一般来说，间接性表达的难度很大，在一套插图中能有一两张采用这种方式就已经很不容易了，而茹科夫创作的插图《真正的人》，将间接性语言转换作为常态，将人物内心世界里的细微角落全都展现出来，大大提升了插图的独立价值和艺术感染力（图2-39）。还有一位不得不提的画家，是来自立陶宛加盟共和国的克拉萨乌斯卡斯，他也是一位杰出的版画家。与其他苏联画家不同的是，他惯常用意象化的方式创作插图，用线条和强烈的黑白对比表现哲理性的内容，克拉萨乌斯卡斯笔下的人物造型犹如古希腊雕塑一般健美，这可能与他曾是游泳运动员的经历有关，对理想的追求和对母爱、生命的赞美在画家的作品中有着深刻的体现。以克拉萨乌斯卡斯为代表的来自加盟共和国的插图画家，特别善于调动不同艺术手法，再现不同时代、不同风格的文学形象，使人眼界大开（图2-40）。苏联插图画家人才济济，除了上述画家以外，还有冈察洛夫、格拉祖诺夫、基布里克、拉普切夫、布拉索夫、叶菲莫夫、科科林、谢洛夫等，在此无法一一列举（图2-41）。为文学作品创作插图，在很多苏联画家看来是一种光荣的使命，而非商业目的，因此，在艺术水准上，画家们力图与文学作品比肩，这种非功利性的创作态度，决定了苏联插图的总体特征是扎实、严谨和艺术性十足。著名插图画家高荣生先生认为："苏联插图艺

图 2-37 《静静的顿河》（第二部）插图，作者：韦列依斯基。（摘自《静静的顿河》，插图页）

图 2-38 《决斗》插图，作者：杜宾斯基。（摘自《外国插图——杜宾斯基插图选》，图版第 15 页）

表现语言的探索

图 2-39 《真正的人》插图，作者：茹科夫。
（摘自《难忘的插图艺术》，图版第 29 页）

图 2-40 《安魂曲》插图，作者：克拉萨乌斯卡斯。（摘自《苏联文学插图》，图版第 80 页）

图 2 41 《善希全文集》插图，
作者：叶菲莫夫。（摘自《苏
联文学插图》，图版第 30 页）

82.高荣生：《插图全程教
学》，北京：中国青年出版
社，2011 年，第 7 页。

术的整体水平位于世界前列，这是一种良性的影响，对中
国插图艺术的发展具有外力推动作用。"[82]

3.3　版画插图

现代插图的表现手法多种多样，插图画家相比其他画
家，更具备使用多种语言表达的可能性。值得注意的是，
在众多表现语言中，使用版画尤其是木刻版画的手法绘制

插图的现象经久不衰，并且在很长一段时期内代表了读者心目中插图约定俗成的表达样式。版画特别是黑白木刻，以其艺术语言上的强烈表现性、效果上的明确直接、工具上的简便易用以及出版印刷上的天然优势，在现代插图中占据重要的地位。

在我国古代插图史上，木刻插图有过"很体面的历史"，有评论家概括其特点是文雅、清淡和隐约的消极[83]。到了近代，传统木刻与插图逐渐分离；现代插图采用的主要是"和历史不相干"的新木刻[84]。黑白木刻以充满视觉张力和激烈对抗的形式语言著称，具备天然的表现冲突和抗争的意识。早在20世纪30年代，鲁迅先生就预言"用版画装饰书籍，将来也一定成为必要"[85]，这是十分准确的。在中国现代文学插图史上，版画插图相当兴盛。木刻插图《山乡巨变》《狂人日记》《华威先生》和《革命烈士诗抄》的作者李桦是新兴木刻运动的亲历者，在鲁迅先生的指导和帮助下，确立了自己的艺术方向；著名版画家赵延年潜心研究鲁迅作品，以黑白木刻的形式为鲁迅小说创作了多幅插图，受到广泛好评；版画家徐匡创作的《狱中追悼会》（《红岩》插图之一），其手法受到德国画家珂勒惠支的影响，借以表现"化悲痛为力量"这个主题[86]。版画家程勉创作的《红旗谱》插图，刀法简洁利落，用大块的黑白对比抒发强烈的感情，从中可见德国表现主义版画的影响[87]。版画家伍必端曾经在苏联列宾美术学院留学，他创作的黑白木

83. "中国古代版画插图有悠久的历史和传统，但作品多是文雅的、清淡的，有些甚至包含了隐约的消极，缺乏表现抗争、冲突的意识，往往缺少激烈对抗与视觉张力等形式语言。"邓中和：《不朽的名著、不朽的插图——〈红岩〉插图创作的前后》，《美术》2016年第8期，第109页。

84. "中国木刻图画，从唐到明，曾经有过很体面的历史。但现在的新木刻，却和历史不相干。"李新宇、周海婴：《鲁迅大全集》（第8卷 创作编），武汉：长江文艺出版社，2011年，第130页。

85. 鲁迅：《鲁迅全集》（第十三卷 书信），北京：人民文学出版社，1981年，第26页。

86. "1982年我（邓中和）到四川美协见到徐匡，由于我与他毕业于同一学校，仰慕已久，因此攀谈起来。徐匡说：'读了小说文稿后，最想表现的是革命志士坚决抗争。于是选择了狱中为牺牲的龙光章同志举行追悼会的场景，表现化悲痛为力量这个主题。手法受到德国画家柯勒惠支的影响。'"邓中和：《插图的魅力——从〈红岩〉插图创作谈插图艺术与教学》，2013年11月6日"第二届全国高校插图艺术作品展暨插图教学研讨会"于北京印刷学院。

87. "程勉在六十年代初创作的《红旗谱》插图，七十年代初创作的《夜诊》都给人留下了深刻的印象，作品中洋溢着的深挚的感情，画面严谨的构图、明净的色调、小圆口刀铲出的线条那么干净、利落而又厚实……他（程勉）在信中也谈到了对表现主义的看法：'……德国表现主义的作品不论是版画或油画，都强调感情、情绪的表达，这一点我非常喜欢……我过去是使用圆刀的，这师承于古元先生。这种刀法的效果浑厚、朴实、纯真，是很好的……'"李松：《一个"残酷"画家的创作思路——关于木刻系列性组画〈血衣〉，和作者程勉同志的通信》，《美术》1985年第9期，第10页。

88."延安的木刻，是在继承三十年代鲁迅先生苦心培育的新兴木刻的革命传统的基础上发展起来的。把新兴木刻的革命传统带到延安来，主要是通过一批三十年代活动于上海的左翼木刻家。自1936年至1940年间，相继到达延安的温涛、胡一川、沃渣、江丰、马达、陈铁耕、黄山定、张望、刘岘、力群等，除温涛于1938年离开延安之外，他们都以鲁艺美术系（后来扩大改称美术部）为活动阵地，将新兴木刻的创作经验直接传授给青年一代。"江丰：《回忆延安木刻》，《美术研究》1979年第2期，第1页。

89."取法西欧的阴刻法，用黑白对比组织画面、刻画形象的新兴木刻，不容易为人民群众接受，确实是它的弱点。但延安木刻的民族化，并不是把早已传到中国的外来技法排除于木刻创作之外，而是有选择地保留着曾为中国新兴木刻革命化有过影响的外来技法，并在适当地融合于阳刻线条造型的中国传统木刻技法过程中，创造性地形成了具有时代特色和民族风格的木刻艺术。这样做，是符合当时木刻创作的实际的，也符合鲁迅先生在《〈木刻纪程〉小引》里的主张，他指出发展中国木刻两条道路之一，即'采用外国的良规，加以发挥，使我国的作品更加丰满，是一条道路'。所谓'发挥'，也包括有融合中国传统木刻表现方法的意思。"江丰：《回忆延安木刻运动》，《美术研究》1979年第2期，第1、2页。

刻插图《夏伯阳》《铁流》深受苏联版画影响，具有造型严谨、概括生动的显著特征。除此之外，王琦的黑白木刻《林家铺子》，丘陵的黑白木刻《海誓》，余沙丁的套色木刻《逐鹿中原》《草原烽火》，陆坦的套色木刻《高玉宝》，温泉源的套色木刻《春姑娘和雪爷爷》，赵宗藻的黑白木刻《十二个月》《索朗爷爷》，邵克萍的套色木刻《一件小事》，顾炳鑫的套色木刻《药》，范一辛的黑白木刻《雷锋叔叔对我说》和《小冬木》，吴然的套色木刻《向日葵》，马鹏、叶公贤、周小根的套色木刻《战斗的青春》，杨青、刘旷、修军、张建文的套色木刻《陕西歌谣》等都是比较有代表性的版画插图作品。20世纪40年代的延安木刻也是在新兴木刻革命传统的基础上发展起来的。大批左翼美术工作者奔赴延安，把新兴木刻的创作经验传授给青年一代[88]。木刻家们以鲁迅艺术学院为活动阵地，在"文艺为工农兵服务"的方针指引下，明确了革命文艺的表现内容。在艺术形式上，延安木刻除了继承新兴木刻运动的成果，还注意从中国传统木刻中吸取营养，"洋为中用，古为今用"，形成了新民族化的特征[89]。延安的木刻家们也活跃在插图创作的队伍中，在新中国成立后继续描绘出富有时代感情的作品。例如，古元创作了木刻插图《祝福》《革命烈士诗抄》和《红旗歌谣》；彦涵是一位勤奋的插图画家，创作了包括《李有才板话》、《情满青山》在内的二百多幅木刻插图；李少言和牛文参与了《红岩》黑白木刻插图的创作，"丁长发掩护突围"和"小萝卜头的梦"是他们的作品；力群的作品有《登记》和《王贵与李香香》；刘岘的作品有《老鹰与山羊》《初次旅行》；罗工柳创作了黑白木刻《小二黑结婚》；郭钧创作了木刻插图《山沟里的妇女》和《刘二与王继圣》等。

上述画家和代表作中，彦涵的插图作品特别值得一提。彦涵的插图作品主要以版画作为创作语言，并且面貌多样，可以说，插图构成了画家艺术创作的一个重要组成部分。像许多延安木刻家一样，彦涵始终坚守版画创作的阵地，并且把版画的语言特点融入他的插图作品中，成为新中国插图创作队伍中重要的一员。彦涵的插图创作最早可以追溯到延安时期（1939 年）[90]，在战火纷飞、物资匮乏的年代里，画家以木刻作为表现语言，尝试进行连环画与插图创作，创作了《民兵的故事》《新三字经》《冯云鹏怎样安置移难民》《狼牙山五壮士》等作品。这些作品既带有质朴的木刻风格，又显露出画家激情奔放的个人气质。相比其他延安木刻家的作品，彦涵的版画有着突出的个人特色：线造型与光影造型相结合，插图内容多描绘战斗场景，选取富于矛盾冲突的情节，表现运动中的人物，画面充满张力和动势，传达出浪漫主义精神。我们可以看到，连环画《狼牙山五壮士》起伏跌宕的画面情节，主要是通过线的组织传达出来的。线条的组织方式多种多样，不规则线给人以活跃、自然的感觉，可以加强画面的气氛和动感，画家正是利用不规则线，表现出激烈的战斗场面（图 2-42）；线还可以产生动感，作者将线条以集群的方式形成有序的排列方向，从而形成较强的动势，在造型中起到动态助力作用（图 2-43）。在这套连环画中，彦涵充分挖掘了黑白木刻线条的表现力，他通过对版画语言的不断探索，极大地拓展了插图语言的表现范围。

新中国成立以后，彦涵的插图创作更加成熟，一些作品像《王贵与李香香》《中国人民志愿军英雄传》《花》《革命烈士诗抄》《小二黑结婚》《李有才板话》《情满青山》以及鲁迅和巴金的文学作品插图等，不仅在风格上出现了很大改变，版画语言也更加多样化。上述作品虽然同为木刻，但艺术面貌各异，这不仅体现了画家在插图语言上的求新求变，更反映了他的创作观念。画家认为，每一部插图应该有不同的风格，并且要与文学作品的风格相适应，内容不同而格调相似是插图创作中的一大弊病[91]。承认插图面貌的差别性，不仅体现出画家本人对原著的尊重，也是他对插图本质上属于再创作艺术的深刻理解。有人形容，优秀的插图画家

90. "事实上'插图类'创作对于彦涵来讲由来已久，早在 1939 年他就在太行山的《新华日报》从事木刻插图工作。从那时起，彦涵的插图创作就一直间断地进行着。" 彦东：《彦涵艺术的发展和演变》，《美术》2011 年第 11 期，第 51 页。

91. "每一种插图都应有不同的风格，最好要与文学作品的风格相协调。现在我们所见到的插图，有些虽然内容不同，而格调却十分相似；尽管使用工具不同，但画出的画，大部分和连环画或年画的味道没有多大的分别。而且画得很繁琐，失掉了插图简单有力的风趣。" 彦涵：《插图画家的创作态度与作品风格问题》，《美术》1954 年第 4 期，第 9、10 页。

图 2-42 《狼牙山五壮士》连环画，作者：彦涵。（摘自《彦涵插图选》，图版第 18 页）

表现语言的探索

图 2-43 《狼牙山五壮士》连环画，作者：彦涵。（摘自《彦涵插图选》，图版第 17 页）

就像一名狙击手，对于出现的各种目标，能立即作出反应，而且百发百中[92]。这事实上是对插图画家应具备"跨界"能力的形象描述。我们可以看到，彦涵的插图创作不仅勤勉努力，他还能够在作品中不断改变其表现手法，以适应文本的风格，并且作出准确的诠释。

3.4 "素描风格"插图

众所周知，素描是造型的基础，是通向各种绘画形式的必经之路。素描作为现实主义绘画的重要手段，也同样适用于现实主义题材的文学作品，因此，这类文学作品的插图，也非常适合用素描的手法来表现。在中国当代文学插图中，"素描风格"插图虽然历史不长，但是数量相当多。建立在西方写实造型基础上的素描式表现手法，以逼真的视觉感受、入微的细节刻画、丰富的画面层次以及相对新鲜的视觉体验，深受插图画家和广大读者的青睐。我们注意到，以铅笔（炭笔）或水墨淡彩素描作画的插图画家，大多是油画家或者接受过西方造型训练的中国画家，他们平时的创作实践与素描密不可分。因此，"素描风格"插图是随着西方素描在中国的普及和推广才发展起来的，特别是苏联插图的传入，对这种插图风格的流行，起到了很大的推动作用。

油画家王式廓和罗工柳共同创作了插图《把一切献给党》，两位画家都有过留学经历，罗工柳曾经在苏联接受过系统的西方素描训练。在插图中，两位画家展示出了深厚的素描功力。在不同对象的处理上，画家们用素描方式细致刻画主体形象，其他次要形象用近似速写的手法表现，背景基本省略。这种素描和速写相结合的方式，使得画面主次分明，突出了人物的神态、动作和外貌细节，从而使人物内在的心理活动得以充分展现。值得一提的是，插图中的主要人物形象，正是以原著作者吴运铎为模特写生而成的，因此尤为真实和传神。对比苏联画家茹科夫创作的插图《真正的人》，这两部作品的表现手法颇有相似之处（图2-44）。著名画家孙滋溪曾经跟随罗工柳先生学习油画，他用素描和油画两种语言创作的《林海雪原》插图已成为经典。孙滋溪采用全因素素描表现故事场景，注重空间关系和情节的完整性，使得每一张插图看起来都像是一个独立的故事。值得一提的是，全因素素描并不等于事无巨细地罗列细节，相反，插图《林海雪原》中很多场景与道具的描绘都是十分概括的，画面的主次关系也因此井然有序。概括提炼是一种高难度的绘画手法，对画家的技巧和审美都提出了严格的要求。

92.周进修：《难忘的插图艺术》，天津：天津人民美术出版社，2004年，第48页。

图 2-44 《把一切献给党》,插图,"写"作者:罗工柳、王式廓。(摘自《文学书籍插图选集》,图版第 17 页)

著名油画家侯一民也有过学习苏联绘画的经历,他曾经在中央美术学院马克西莫夫油画训练班深造,他创作的插图《青春之歌》,画面用墨色表现素描关系,这种塑造手法和苏联插图常用的墨水结合炭条的表现手法大同小异。《青春之歌》的表现手法也属于全因素素描,因此画面具有强烈的空间感和真实感,对于读者真切地感受小说的情节氛围起到了至关重要的作用。写实主义的水墨人物画集中国传统水墨技巧与西方造型手段于一体,在现实主义文学插图的创作手法中占有重要地位,有很多中国画画家学贯中西,将传统笔墨和结构、光影等西方造型因素完美结合,在写意和写实之间最大化发挥中国画特有的造型魅力,例如吴静波、张德育、黄润华、方增先等人。张德育是中国彩墨画的代表画家之一,他创作的《苦菜花》插图展现了中西绘画语言相结合的显著特点(图 2-45);黄润华的《红旗谱》插图偏重写意,然而,松动的笔触、速写式的线条又使人联想起库克雷尼塞的作品(图 2-46)。除了上述画家和作品,"素描风格"的插图还有司徒乔的《故乡》,阿老主要以速写形式创作的《狱中》《跟随毛主席长征》《在毛主席教导下》和《小八路》,邵宇的水墨插图《千山万水》,郭振华用炭笔结合水墨创作的《吕梁英雄传》《桃花峪》和《冰化雪消》；裘沙的《野火春风斗古城》，蔡亮的《创业史》，孙世涛的《烈火金刚》，邵晶坤的《骨肉》和尹戎生的《老共青团员》等等。随着表现语言的扩展和人们审美观念的改变，插图创作中的"素描风格"也在演变。绘画艺术在表现方式上并无高低优劣之分，然而，就真实反映和贴近生活而言，"素描风格"的插图易于被读者理解，也受到广大人民群众的喜爱。因此，直到今天，"素描风格"在当代插图创作中仍然占有很大比重，并且具有经久不衰的生命力。

图 2-45　《苦菜花》插图，作者：张德育。（摘自《苦菜花》，图版第 5 页）

图 2-46　《红旗谱》插图，作者：黄润华。（摘自《红旗谱》，图版第 295 页）

第三章

经典形象的塑造

概述

视觉艺术离不开形象塑造，对于插图来讲更是如此。插图画家高荣生先生认为："文学即人学，优秀的小说首先是人物刻画的成功……"[93] 文学插图对人物塑造的要求相对较高，形象塑造的成功与否，与插图的成败有直接关系。从文学形象转化为视觉形象，插图画家需要做好两件事。首先，要通过详细阅读全文，构建对书中视觉形象的整体认识，不能随意编造，做到符合文意。这样可以使读者一目了然，在看到画面之后，便能对书中形象产生清晰的认识。其次，要避免图解。绘画艺术讲究"形神兼备"，仅仅形似是不够的，画家还应该在深刻理解原文的基础上形成自己的认识，并且把自己的理解融入再造的过程中，使视觉形象鲜活起来，增强插图作品的艺术感染力。

第一节 表情、动态与心理

文字语言和视觉语言相比，各有所擅长的表现领域，因此产生图文互补的现象。对于视觉语言的特点，著名连环画家贺友直先生进行了精辟的总结，他说："绘画是在平面上固定不动的、空间有限的（指画幅）、无声无息的形象。它不能像文学那样长篇大论地表达思想，也不能像戏剧那样边唱边做地显示性格。它只能截取瞬间一息的活动，也就是必须选取最简单明了的动作'符号'来表达人物的心理活动及性格特征。"[94] 这也就是说，视觉语言只能通过像表情、动作这样外在的东西来塑造人物形象，而人的表情动作受到思维和心理活动支配，因此，对丰富多彩、千姿百态的人类行为动态的研究，是人物形象塑造的基础。

素描和速写是研究人物行为动态的重要手段，其中，素描主要针对静态的形象塑造，是研究人物的体貌特征、

93. 高荣生：《插图全程教学》，北京：中国青年出版社，2011年，第89页。
94. 贺友直：《贺友直说画》，上海：上海人民美术出版社，2008年，第41页。

形体结构的必修课；速写更灵活主动一些，无论对象是静止的还是动态的，都可以表现。插图画家和连环画家通常会对人物动态格外敏感，[95] 因此，他们很重视速写在形象塑造中的重要性。画家陈尊三写道："……连环画的主要手段是从故事和情节冲突发展中来刻划人物的，就迫使画者学会画不同类型的人物在不同场合下的喜怒哀乐等各种细腻表情和复杂动作。……除读书外主要是在生活中通过锐敏细致的观察和苦练速写本领和加强形象记忆的能力，因此在造型基本功的训练中对动势的要求大大增强了。"[96] 插图画家高荣生也认为，速写、特别是动态速写可以练就敏锐的观察能力和形象的记忆能力。通过速写进行大量的形象储备，是插图创作的必备条件[97]。形象塑造没有捷径，唯有细心观察和刻苦练习，才能培养出对形象认识的敏感度，进而熟练掌握塑造形象的方法。

除此以外，我们还可以通过作品来分析插图画家对行为动态的设定，以深化对文学形象的再认识，从而为塑造形象积累经验。一些经典插图在人物形象塑造上提供了有益的借鉴，例如孙滋溪先生于 1958 年为小说《林海雪原》创作的插图。小说主要围绕东北民主联军小分队的剿匪任务展开，侦察排长杨子荣打入敌人内部，智斗座山雕匪帮是小说重点呈现的部分。孙滋溪对于人物形象的塑造，在直叙性语言转换上为我们树立了典范。孙滋溪共为《林海雪原》创作了 13 幅插图，都选取了典型环境中的典型形象[98]，结合原文内容加以表现。为了塑造好原著中的主要人物，孙滋溪走访了《林海雪原》的作者曲波，他还从生活中寻找跟书中人物气质接近的模特，通过写生揣摩人物形象。画家借鉴了戏曲艺术的处理，在形象塑造上运用了程式化的表达，鲜明地表现出正面角色和反面角色，强化了敌我之间的对比。在插图《舌战小炉匠》的画面中，杨子荣的形象高大挺拔，占据构图的主要位置，在气势上力压群匪。"小炉匠"栾平则显得狡诈猥琐，弓身缩在画面一隅，造成"敌小我大"的视觉效果。特别值得指出的是，肢体语言的运用，是形象塑造的一大特色。栾匪手指杨子荣，意

95. "在现实生活中，人类的活动千姿百态，既有明显的四肢运动，也有细微的局部动作，插图画家对人物的活动是很敏感的，这也是职业使然。"高荣生：《插图全程教学》，北京：中国青年出版社，2011 年，第 91、92 页。

96. 陈尊三：《心怀大众 道路必广——重读鲁迅〈连环图画辩护〉等文章的体会》，《美苑》1981 年第 6 期，第 12 页。

97. 高荣生：《插图全程教学》，北京：中国青年出版社，2011 年，第 92 页。

98. "浅近易懂的形象，往往总是生活中常见的现象。生活中常见的某个现象，放到作品的特定环境中的特定人物身上，这常见的现象就成了典型形象。"贺友直：《贺友直说画》，上海：上海人民美术出版社，2008 年，第 45 页。

图揭发其卧底身份，说明此人负隅顽抗，狡诈多端；杨子荣手捏烟袋，从容不迫，显示出强大的心理素质和临危不乱的英雄气概，人物内在的性格心理皆从微妙的手部动作上显露无遗，正可谓"一套程式，万千性格"。除了烟袋这一细节，画面还提供了几处富有艺术性的暗示（近景的酒肉和远景的群匪），烘托出环境的险恶和主角的机智勇敢。《林海雪原》插图的形象塑造具有时代特色和历史意义，后来成为同名电影和现代京剧《智取威虎山》里人物造型的参照（图3-1）。《舌战小炉匠》堪称通过调动人物肢体语言反映出人物性格特征及心理活动的范例。也有很多优秀的插图作品，在人物形象塑造上另辟蹊径，从整体中选择局部加以表现。所谓局部，包括人物的肢体动作、表情服饰等有意义的细节所构成的视觉要素，这些视觉要素既有独立存在的必要，也有辅助表现主体人物的作用。画家贺友直说："人物的思想感情、心理活动，虽然主要是通过面部表情表达的，但手的动作表情，也占极重要的地位。因为，面部表情固然能表现人物的喜怒哀乐，如果能借助手势动作的衬托补充，会使表达的感情更深刻丰富。"[99] 而且"'小动作'（局部）不能仅限于表现细腻的情节和人物，即使是表现剧烈的冲突和粗犷的人物，也应该做到粗中有细，大（动作）中有小（动作），这样才能使人物形象生动而又含蓄"[100]。图3-2是小说《红岩》中的一张插图，作者是版画家正威，插图表现的是龙光华烈士牺牲时的场景。原文这样写道：

> 班长！……部队……来了！"龙光华猛然伸出激动的双手，站起来，奋身迎向前去："指导员，指导员！"他象看见了自己的亲人，扑了上去。"指导员……给我……一支枪！[101]

文字描写的是龙光华就义前的一瞬，他忘记了自己身处集中营，恍惚中看见了盼望已久的大部队，激动地起身迎接。表现了黎明将至时，革命者对于胜利的无限向往。画面里没有出现龙光华，取而代之的是一双充满张力的大手。为了表现人物激动的心情，画家着重刻画了手的特征和动作：这是一双粗糙的手，而且青筋暴露，手心向上，十指张开，胳膊上的肌肉随着手部动作呈现出剧烈的变化，加深了力量感的呈现，从而将人物的心情间接地表现出来。图3-3是《狂人日记》插图中"狂人"的形象塑

99. 贺友直：《贺友直说画》，上海：上海人民美术出版社，2008年，第57页。
100. 贺友直：《贺友直说画》，上海：上海人民美术出版社，2008年，第56页。
101. 罗广斌、杨益言：《红岩》，北京：中国青年出版社，1962年，第230页。

图 3-1 《林海雪原》，作者：孙滋溪。（摘自《中国现代美术全集 插图》，图版第 43 页）

经典形象的塑造

图 3-2 《红岩》，作者：正威。（摘自《红岩》，图版第 231 页）

图 3-3 《狂人日记》，作者：赵延年。（摘自《狂人日记》（赵延年木刻插图本），图版第 2 页）

造，作者别出心裁，借用背影来塑造人物。插图画家高荣生先生认为，背面看似不如正面丰富多变，但在艺术表现上，背影却有含蓄、概括的语言优势。因此，背影可以达到正面表现的同等效果[102]。鲁迅笔下的狂人是一个"迫害狂"患者，不仅"语无伦次"，而且"荒唐之言"颇多，然而，狂人的"狂"不是真正的癫狂，而是因为与社会格格不入，而被视作不正常，因此，他被大哥称为"疯子"。狂人的精神状态是亢奋的，心理活动也异常活跃，然而，他的认识却比别人都更为敏锐和深刻。画家赵延年塑造的狂人形象，从细微的角度展现出人物的精神状态。原文：

今天晚上，很好的月光。我不见他，已是三十多年；今天见了，精神分外爽快。才知道以前的三十多年，全是发昏；然而须十分小心。不然，那赵家的狗，何以看我两眼呢？我怕得有理。[103]

"很好的月光"反衬出了狂人的背影，后面描写心理活动的文字很难直接描绘，画家于是采用"迂回"的方法，着力于形象与环境的塑造。由于黑形在视觉上的收缩感，因此，孤零零地立在门前的狂人显得无比消瘦，无力下垂的双臂更加强了这种视觉感受。赵延年先生在自己的作品中多次尝试通过背影反映人物的性格和心理，如《阿Q正传》中被赵太爷打了嘴巴反而洋洋得意的阿Q背影；《一件小事》中，"我"望着那"须仰视才见"的车夫和老女人相扶的背影；以及《端午节》中，那个假装清高而又囊中羞涩的方玄绰，在路过稻香村门口的彩票广告时"心里一动"的尴尬背影……都起到了此时无声胜有声的作用，给人留下了难忘的印象。

第二节　绣像式的插图

鲁迅先生曾经说过："我并不劝青年的艺术学徒菲弃大幅的油画或水彩画，但是希望一样看重并且努力于连环图画和书报的插图；自然应该研究欧洲名家的作品，但也更注意于中国旧书上的绣像和画本，以及新的单张的花纸。这些研究和由此而来的创作，自然没有现在的

102. 高荣生：《插图全程教学》，北京：中国青年出版社，2011年，第144页。
103. 鲁迅：《赵延年木刻插图本狂人日记》，北京：人民文学出版社，2005年，第1页。

经典形象的塑造

所谓大作家的受着有些人们的照例的叹赏，然而我敢相信，对于这，大众是要看的，大众是感激的！"他对于插图艺术特别是我国古代的插图是十分重视和提倡的[104]。绣像是中国古代插图中的一种重要形式，今天我们研究绣像插图，是为了从传统艺术中吸收、借鉴合理部分，使今天的插图创作更加丰富多样，更具有本民族特色。绣像，"谓刺绣之造像也。《法苑珠林》：'唐显庆之际，于西京造二十余寺，爰敕内宫式模遗影，造绣像一格，举高十有二丈，惊目骇听，绝后光前。'"[105]可见绣像的原义是用彩丝绣成的人像，与书籍插图无关。绣像作为我国古籍中插图的一种，特指明清时期通俗小说前面所附的书中人物图像[106]。因此，绣像小说即为卷首插有绣像的通俗小说[107]，殆沿借用之。由此可见，绣像特指我国古籍中的一种插图，它的功能是通过塑造人物帮助读者带入形象，而非表现故事情节（图3-4）。值得注意的是，绣像通常都在卷首，但也有例外："徐康《前尘梦影录》云：'绣像书籍，以宋椠《列女传》为最精，顾抱冲得而翻刻。上截图象，下截为传，仿佛武梁造象，人物车马极古拙，相传为顾虎头绘。'"[108]"上截图象，下截为传"应为上图下文，可见"绣像"也可以插在卷中。"绣像"在现代插图中仍有存在的价值和持续发展的生命力。古今绣像插图大同小异，以表现人物形象为主是这种插图的显著特征，但现代绣像插图的位置已不拘泥于正文之前，表现手法也更加多样。我们不妨将画面中只塑造人物形象的插图统称为"绣像式"的插图，以确定本节的研究范围，方便分析其艺术特点。

在我国古代绣像插图中，有很多精彩的代表作，像陈洪绶的《西厢记》《水浒叶子》，任熊的《於越先贤像传赞》《剑侠传》《高士传》，改琦的《红楼梦图咏》，上官周的《晚笑堂画传》，刘源的《凌烟阁功臣图》等。绣像插图是以塑造人物为主的一种独特样式。人物的集中亮相有助于读者形象直观地理解书中的各种角色，绣像插图中人物的动作、服饰、道具，也是符合各自的身份及性格的，因此，绣像插图是创作者在准确理解原著中的人物性格和内在精神后进行的再创作。在中国当代文学插图中，绣像

104. 鲁迅：《鲁迅杂文全编》（《"连环图画"辩护》），北京：人民文学出版社，2006年，第 257、258 页。

105. 舒新城、沈颐、徐元诰、张相：《辞海》（据 1936 年版缩印）（全二册），北京：中华书局，1981 年，第 2290 页。

106. "明清以来，称一般通俗小说前面所附的书中人物图像为绣像。"广东、广西、湖南、河南辞源修订组：《词源》（修订本）（全两册），北京：商务印书馆，2004 年，第 2471 页。

107. "绣像小说（卷首插有绣像的通俗小说）。"商务国际辞书编辑部：《商务国际现代汉语词典》（彩色插图本），北京：商务印书馆国际有限公司，2014 年，第 1192 页。

108. 叶德辉：《书林清话附书林余话》，扬州：广陵书社，2007 年，第 153 页。

式的插图大致可以分为两种：一种与古代绣像插图基本一致，沿用传统表现语言，采取封闭式构图，通常放在书籍的开篇位置；另一种是用现代艺术语言表现的人物肖像插图，灵活分布于书中，不限于卷首。

1.1 古典绣像插图样式的延续

顾炳鑫在《红旗谱》插图中沿用了古代绣像的形式：以白描手法勾勒人物，采用封闭式构图，呈现出典型的绣像插图的面貌特征。不过，现代画家普遍重视人物个性刻画，对于古

图 3-4 《水浒叶子》（宋江），作者：陈洪绶。（四川省图书馆藏）

代绣像插图中人物造型程式化倾向进行了一定程度的修改[109]。在《红旗谱》插图中，画家不仅再现了人物各具特点的外貌形态，而且塑造出一群个性鲜明的、具有浓郁时代气息的人物群像：朱老忠的高大挺拔，不怒自威，与小说中正气凛然的农民英雄形象非常贴近；党的领导人贾湘农和新一代青年农民江涛处于同一张画面，人物的衣着打扮、相貌姿态，表露出他们的师生关系（图3-5）。这种表现方式也出现在连环画《铁道游击队》中，面对这部反映抗日战争题材的小说，连环画的作者韩和平、丁斌曾选择借鉴古代绣像方式，将主人公、配角、英雄人物、反面人物都描绘出来，置于卷首，使读者在欣赏主要部分之前，就已经先获得了鲜明直观的基本印象。无独有偶，贺友直也在连环画《山乡巨变》的卷首创作了主要人物的绣像，人物的表情、动作及道具，都是对于文学语言的生动形象的说明（图3-6）。

在描绘历史人物的绣像式插图中，既能保留传统，又能突破程式化的代表作品，当属张光宇为《水泊梁山英雄谱》和《金瓶梅人物》所作的插图。张光宇塑造的人物形象与众不同，既有漫画的意味，又体现出独特的装饰风格。在《水泊梁山英雄谱》中，塑造人物的线条趋简，造型夸张，很像漫画，使人觉得风趣幽默；在服装道具方面，图案和规则线的运用，使人物表现带有强烈的装饰风格，用画家自己的话说，就是"造谣"，即由画家主观创造[110]。那么绣像中的"古意"是从何而来的呢？张光宇十分推崇陈老莲，他曾经在《装饰诸问题》一文中分析过陈老莲装饰风格的形成，提到章侯少时临摹李龙眠的"七十二名贤"石刻，习得经验："我临摹多次，渐变其法，以圆易方，以整归散，以至人不得辨！"[111]画家认为，只有通过学习，突破别人的法则，才能形成自己的风格。张光宇对中国的优秀艺术传统采取博采众家之长的态度，从"彩陶、青铜器直到明代工艺品的造型与图案的惊人处"[112]无所不学，而且兼收并蓄，再"渐变其法"，因此他塑造的历史人物，均有传统艺术的根源。张光宇十分重视装饰风格，他认为：绘画里的装饰性是可贵的，可以帮助艺术

109. "程式化是我国传统艺术形式的一大特色，中国画的人物造型各个时期都有不同的程式化的审美变化，这些也直接反映在插图中。程式化具有共性的审美意识，也具有美学价值，但是，画家的个性往往被淹没在共性之中，在一般的插图作品中这一点是有目共睹的。"高荣生：《插图全程教学》，北京：中国青年出版社，2011年，第6页。

110. "其中的服装道具，均出于艺术家的创造，既非明清，亦非汉唐，用光宇自己的话说，是'造谣'，但他的'造谣'，令人信服，这就是艺术上的成功。"章桂征：《中国当代装帧艺术文集》（郭振华：《中国现代插图创作》），长春：吉林美术出版社，1998年，第1365页。

111. 张光宇：《张光宇文集》（《装饰诸问题》），济南：山东美术出版社，2012年，第128、129页。

图 3-5 《红旗谱》(贾湘农、江涛),
作者:顾炳鑫。(摘自《文学书籍插
图选集》,图版第 28 页)

图 3-6 《山乡巨变》(陈大春、盛清明),作者:贺友直。(摘自《山乡巨变》,
图版第 28 页)

达到更美好更高超的境界[113]。陈老莲笔下人物蕴含的装饰风格,就给了他很大的启发,这在《水泊梁山英雄谱》中有十分清晰的体现:像明代绣像插图《水浒叶子》一样,张光宇的"梁山英雄"也如戏曲中的人物亮相,举手投足均符合各自的身份和性格;《水浒叶子》中起到重要装饰作用的衣褶,在众多好汉身上体现为点、线、面或者图案元素;而"梁山英雄"绣像中有力的线造型,亦会令人想起《水浒叶子》的传统木刻的影响。然而,张光宇又不完全拘泥于传统,他创作的《水泊梁山英雄谱》还具有一定的世俗气息,通过在一定程度上强化写实造型,使人物形象塑造更"接地气"。从而在历史人物塑造上呈现出雅俗共赏、人民群众喜闻乐见的创作风格(图 3-7)。

1.2 现代的绣像式插图

经过现代艺术的洗礼,使用传统程式表现人物肖像在当代文学插图中并不常见。现代肖像插图的形式更为多样化,不仅没有位置、格局的限制,表现手法也种类繁多。

112.张光宇:《张光宇文集》
(《装饰诸问题》),济南:山
东美术出版社,2011 年,第
109 页。

113.张光宇:《张光宇文集》
(《装饰诸问题》),济南:山
东美术出版社,2011 年,第
128 页。

经典形象的塑造

例如画家吴静波为《三里湾》《山乡巨变》创作的水墨人物插图，四川美协的版画家集体创作的《红岩》黑白木刻插图，由古元、彦涵、李桦、徐匡、吴凡等著名版画家集体创作的《革命烈士诗抄》黑白木刻插图等等。

画家吴静波以彩墨人物见长，作品具有造型精准、笔法概括的显著特点，特别是人物的面部表情，尤为生动传神。在他创作的文学插图中，绣像式的画面占据了很大比重。《三里湾》插图有三张单人肖像，分别刻画了王金生、王玉生和王玉梅三兄妹，虽然每个人物都有背景，但是背景非常简单，主要是用墨色来烘托主体人物，渲染画面气氛。这三张绣像插图的表达方式也比较一致，都是借助道具表现人物即时性的性格特征：王金生看过记录本露出憨厚的笑容、王玉生对着曲尺郁闷地想着心事、担水的王玉梅停下脚步若有所思地听大哥讲话。当文字中的人物信息量都浓缩于视觉形象的外形上时，显露于外型的细节、肢体语言就要具有表达内在信息的作用 [114]（图 3-8）。同样的表现手法还见于吴静波的又一力作——《山乡巨变》，画家为小说中的主要人物刘雨生、盛佳秀、陈大春、陈先晋、李月辉、亭面糊、菊咬筋等人都创作了性格化的肖像描绘，在注重人物表情、动作和道具的同时，还丰富了背景的内容，强化了背景对于人物行为的辅助说明作用（图 3-9）。将情节融入人物形象塑造，并揭示文学作品的主题，是吴静波插图的一大特色。

从某种程度上来讲，四川版画家集体创作的《红岩》插图如同一系列历史人物肖像画，同时，也是一部难得的现代绣像式插图。小说《红岩》是根据罗广斌、杨益言在狱中的真实经历改编而成的，塑造了许云峰、江姐、小萝卜头等一系列光辉的革命者形象，四川美协的版画家们以黑白木刻媒介鲜明而有力地再现了这些历史人物，在几代读者心中留下了不可磨灭的印象。在画面表现上，大多数《红岩》插图都是以人物形象塑造为主，结合小说中的情节，逐一描绘革命烈士的英勇事迹，如李少言的《丁长发掩护突围》，为了掩护余新江突围，丁长发隐蔽在墙转角处，怒目圆睁，双手攒紧沉重的铁镣，举到肩后，准备在特务露头的一刹那给予致命的打击，画家通过对这一紧张瞬间的还原，表现了丁长发把生的希望留给同志，把死亡留给自己的无私精神（图3-10）。如果说插图《丁长发掩护突围》表现"残酷的现实"多一点，那么画家创作另一张插图《刘思扬渴望战斗》就是"革命的浪漫"多一点，画中人迎风而立，面对充满明朗诗意的自然风景，远方辽阔江面上的一点帆影烘托出刘思扬心中远大的革命理想。宋广训在插图《飞吧，你飞呀》中塑造了大脑袋、大眼睛的小萝卜头形象，通过小萝卜头打开火柴盒放飞

图3-7 《水泊梁山英雄谱》
（孙二娘），作者：张光宇。
（摘自《张光宇文集》，图版第57页）

图3-8 《三里湾》（王玉生），
作者：吴静波。（摘自《三里湾》，图版第21页）

114. "文字中的人物信息量浓缩于视常形象的外形上，更需要高度的概括能力，显露于外形的细节、肢体语言就要具有代表内部的作用。"高荣生：《插图全程教学》，北京：中国青年出版社，2011年，第168页。

经典形象的塑造

图 3-9 《山乡巨变》（陈大春），作者：吴静波。（摘自《山乡巨变》，图版第213页）

图 3-10 《红岩》（丁长发掩护突围），作者：李少言。（摘自《红岩》，图版第565页）

小虫的情节，表现了孩子善良的天性和对自由的渴望。吴凡的《江姐就义》利用肢体动作表现人物心理，借助江姐整理头发的细节，将革命者视死如归的大无畏精神表露无遗。这些对于细节微妙处的捕捉，丰富了小萝卜头和江姐的形象塑造，使人物形象变得更加立体。插图画家们成功的表现手法，不仅影响到小说创作本身，还辐射到电影拍摄中去，在根据原著《红岩》改编的电影《烈火中永生》里，可以看到与插图的处理相当类似的镜头。吴强年的《红色的岩石》表现的是许云峰牺牲时的场景，许云峰倚着岩壁尽力站直，显示出宁死不屈的精神，背景是探照灯的白光和子弹划过的轨迹，烘托出现场的悲壮气氛。正威创作的《我的"自白书"》画面是成岗在受刑时高声朗诵的情景，稳定的三角形构图凸显出人物坚定的革命意志。相似的例子还有李焕民在《华蓥山纵队司令》中塑造的"双枪老太婆"，正威在《许云峰赴宴》中塑造的许云峰与徐鹏飞，吴强年在《监狱之花》中塑造的余新江、许云峰、孙明霞和"监狱之花"，李焕民在《成岗与李敬原》和《许云峰在地牢》中塑造的的同名人物以及吴强年在《红岩魂》中塑造的英雄群像等等。如果说文字语言的描述具有一定的模糊性，那么《红岩》插图就以生动具体的视觉形象弥补了这一缺憾，丰富了观众的感官认知，成为与文学作品相得益彰的一个组成部分。

第三节　漫画式的插图

与"绣像"不同，"漫画"原本和插图没有关系，是独立的画种，但漫画具有广泛的应用性，不仅为插图画家所钟爱，更令读者喜闻乐见。漫画其意如《辞海》中所说："漫画（Caricature），一种游戏画。其题材或纯出想象，或撷拾时事，或描写片段人生。不拘形式，笔法简单，而趣味隽永，为此种绘画之特征。"[115] 漫画常采用比喻、象征、变形、夸张等手法突出主题，增强艺术效果。"漫画"重在一个"漫"字，和"漫游""漫笔""漫谈""漫话"的"漫"有其通之处，即随意和不拘形式，这是漫画语言的显著特征。漫画也是最能体现"少而精"的绘画种类，语言上的减省体现出的是画家的能力与修养。漫画还具备幽默的属性，无论轻松或沉重的话题，都能用诙谐有趣的形象和语言去表现。正所谓看似"漫不经心"，其实

115. 舒新城、沈颐、徐元诰、张相:《辞海》(据 1936 年版缩印)(全二册)，北京：中华书局，1981 年，第 1790 页。

"意味深长"，这样形容漫画是最恰当的。漫画广泛运用于现代插图中，最引人注目的是漫画家的插图作品。

插图《百喻经新释》的作者张乐平、程十发和黎冰鸿都以漫画见长，因此，读者才会觉得这部寓言故事的插图形象鲜明、妙趣横生。寓言故事往往具有讽刺性，语言和表现手法也很夸张，这与漫画的特征不谋而合，因此，漫画的语言形式非常有利于简洁生动地传达出寓言所隐含的思想内涵。除了内容传达的深度，幽默的形象刻画也是《百喻经新释》插图的一大特色。《愚人食盐喻》刻画了一个愚人的形象，此人得知食盐可以调味，便以为盐吃得越多越好，结果可想而之。画家通过人物外貌来揭示个性，就只能通过夸张和变形，使愚人的"愚"一目了然（图3-11）。在《三重楼喻》中，一个有钱人看中了别人家的房子的第三层，便要求工匠越过一层和二层，直接盖顶层，工匠拒绝了他的无理要求。画面中有钱人用手里的烟袋杆对着图纸上的三层指指点点，旁边的工匠惊得目瞪口呆。画家塑造了一个脑满肠肥的有钱人形象，后脖颈子上的肥肉更显得此人饱食终日、不学无术，幽默化的人物更具个性，也更加意味深长（图3-12）。

漫画具有强烈的形式感和媒介上的适应性，在提倡简明活泼、通俗易懂的儿童文学插图领域，漫画形式更是屡见不鲜。童话故事《大林和小林》的作者是张天翼，作家经历过社会的动荡，饱尝底层生活的艰辛，他把来自生活的观察与启迪寄寓于童话故事中，讽刺了腐朽堕落的统治阶级，同时赞扬了勤劳顽强的劳动人民。漫画家华君武深刻地理解了这部童话作品，并创作出造型生动、富于想象力的经典插图。在众多的儿童文学插图中，给人留下深刻印象的艺术形象仍然只是少数，经典的形象要具备鲜明的特点，才能凸显出创作者的独特理解，不能人云亦云。在童话《大林和小林》中，华君武塑造的形象可称奇趣，使人过目不忘。大林和小林一胖一瘦，画家基于这一特点，对他们的身形和表情继续强化、夸张，而在这种幽默化的表象背后，是兄弟俩性格志趣迥异的写照。老国王的胡子因为太长，被画家刻画成拖到地上，再握在手里，最后又拖到地上；不仅如此，国王的一只脚还差点踩在胡子上，这种艺术夸张手法，使得形象的生动性和幽默感被加倍地放大。最吸引人的是插图中的动物造型，平时生活里常见的小动物，在童话世界里变成了具有人格特征的形象：狗绅士皮皮、狐狸绅士平平、猫老师和鳄鱼小姐等，它们穿着人类的服装，行为动作也像人类一样，神态表情的刻画更是入木三分。然而，这样的处理并没有带来任何不自然的视觉感受，读者反而觉得这些动物形象就是社会上形形色色的人的真实写照。美术评论家何溶认为：插图作品中生动感人的形象塑造，来源于作者对人物和其所处的社会现

图 3-11 《百喻经新释》(愚
人食盐喻),作者:张乐平、
程十发、黎冰鸿。(摘自《百
喻经新释》,图版第 16 页)

图 3-12 《百喻经新释》(三
重楼喻),作者:张乐平、程
十发、黎冰鸿。(摘自《百喻
经新释》,图版第 26 页)

实、时代背景的深入了解，《大林和小林》中形象塑造的成功，来源于画家对过去黑暗统治时代的那些反动宪兵、警察、狗腿子一流人物，以及洋行买办等帝国主义奴才的深刻认识[116]（图 3-13）。张光宇创作的《神笔马良》插图，集漫画、动画和装饰艺术的造型特色于一身，显现出画家深厚的艺术素养和强烈的个人风格。在图 3-14 中，人物动作的幅度被特意做了夸张，将嫌贫爱富的老师和马良之间的冲突表现得既鲜明直接，又耐人寻味，也帮助读者认清了童话世界背后残酷的社会现实。除此以外，高马得的《金元宝》、沈培的《小布头历险记》、范一辛的《小冬木》、黄永厚的《好猎人》等都是漫画儿童文插图中的经典之作。

漫画可以令人捧腹，在精神上得到放松，也可以批判现实、针砭时弊，给人带来警示与启迪。因此，"漫画式的插图不仅可以应用于同类文体，如若得当，可与任何文章相配"。鲁迅作品具有深厚的文学魅力，一向给人严肃、深沉、犀利之感，丁聪用漫画手法来表现鲁迅作品的内容，给读者以别出心裁的艺术感受。丁聪是著名漫画家，画了一辈子的漫画，可以说，幽默的因子已经深入到画家的骨髓里。丁聪同时也是插图画家，他为鲁迅小说创作了很多插图，皆以幽默的方式再造形象，把鲁迅小说中轻松、幽默、调侃的一面淋漓尽致地呈现在读者面前。《高老夫子》讲述了高尔楚因发表了一篇脍炙人口的名文，便得了贤良女学校的聘书，然而高老夫子其实胸无点墨，在学堂上当众出丑，气急败坏之下只好辞职回家，继续过打牌、看戏、喝酒、跟女人的日子。画家选择开篇的场景作插图：

这一天，从早晨到午后，他的工夫全费在照镜，看《中国历史教科书》和查《袁了凡纲鉴》里；……他现在虽然格外留长头发，左右分开，又斜梳下来，可以勉强遮住了，但究竟还看见尖劈的尖，也算得一个缺点，万一给女学生发现，大概是免不了要看不起的。[117]

画面中的高尔楚正在聚精会神地照镜子，他的右手

116. "成功的插图作品中的人物形象之所以生动感人，之所以使人觉得这一形象正是文学作品中的那个形象，都与画家对于其所创造的人物形象的生活的熟悉，并有着深刻的认识和有着深厚的感情有关。……即使要创造童话中的形象，如果对过去黑暗统治时代的那些反动宪兵、警察、狗腿子一流人物，以及洋行买办等帝国主义奴才没有深刻的认识，画家华君武又如何能够创造出《大林和小林》中的那些皮皮、平平、四四格、巡警等等生动的艺术形象呢？"何溶：《文学书籍插图选集》（后记），北京：人民美术出版社，1962 年，第 6 页。

117. 鲁迅：《狂人日记》（赵延年木刻插图本），北京：人民文学出版社，2005 年，第 178 页。

图 3-13 《大林和小林》（皮
皮和平平），作者：华君武。
（摘自《文学书籍插图选集》，
图版第 50 页）

图 3-14 《神笔马良》，作者：
张光宇。（摘自《张光宇插图
集》，图版第 8 页）

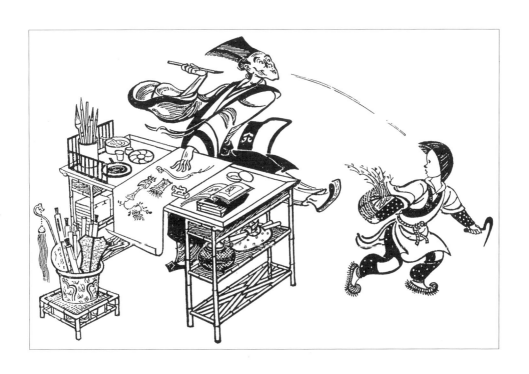

经典形象的塑造

举着镜子，左手用梳子小心翼翼地顺下一缕头发，精心地遮住额角的瘢痕。除了忠实地还原文字内容，画家还进行了一定程度的再造，把这位"高老夫子"的内心活动更加充分地表现出来：扫把眉、逗号眼、脸上的赘肉、颌下的老褶，高尔楚虽然外貌实在一般，年纪也不小，却聚精会神地盯着眉棱上的一块疤，煞费苦心地试图掩饰它的存在。画家通过夸张人物的相貌举止，反衬出他的内心活动以及性格的愚蠢可笑。仔细观察可以发现，高尔楚的一个胳膊肘压在参考书上，这一动作表明他的心思完全不在预备功课上，一心想的都是去贤良女校看女学生。丁聪通过捕捉小而有趣的细节特征，使"高老夫子"隐藏在内心深处的龌龊丑陋的一面被曝光、放大在大庭广众之下，从而使读者更加深刻地理解这个人物（图3-15）。小说《端午节》中的方玄绰既是一个安分的教员又是一个听话的好官，虽然饱受欠薪之苦，却从来不去讨债，他对自己的这份"孤高"振振有词，却也时时疑心是自己"没本领"的表现。小说里，方玄绰经常在太太面前"端着"，为自己无钱买单找各种托辞。插图表现的就是这个场景：

> 他点上一枝大号哈德门香烟，从桌上抓起一本《尝试集》来，躺在床上就要看。"那么，明天怎么对付店家呢？"方太太追上去，站在床面前，看着他的脸说。"店家？……教他们初八的下半天来。"[118]

方玄绰带着滴溜圆的黑边眼镜，留着两撇八字胡，左手夹着哈德门，右手攥着新派诗集，既有知识分子的习惯又有官场老爷的派头，丁聪用漫画手法刻画了一个老于世故、苟且偷安的中年人形象。为了进一步剖析方玄绰这个人物的本质，画家把他的半个脸藏在床帐后，于是，在"缺了敬意"的方太太的步步紧逼之下，方玄绰宁死也不出头的处世哲学也形象地暴露出来（图3-16）。

通过上述图例可以看出，基于文字形象而想象创造出来的视觉上的合理夸张，可以产生幽默风趣的、使人过目难忘的形象，从某些方面来说，漫画式的处理方式比写实性描绘更能取得理想效果。不仅如此，在塑造人物形象方面，漫画手法更是具有得天独厚的优势。与其他艺术语言相比，漫画式的表达更鲜明直接，也更有利于读者领会原文的内容。

118. 鲁迅：《狂人日记》（赵延年木刻插图本），北京：人民文学出版社，2005年，第127页。

图 3-15 《高老夫子》，作者：丁聪。（摘自《鲁迅小说插图》，图版第 21 页）

图 3-16 《端午节》，作者：丁聪。（摘自《鲁迅小说插图》，图版第 10 页）

经典形象的塑造

第四章

文学内容的再造

概述

通俗来说，插图画家的工作就是用若干幅图画把一部文学作品的内涵表现出来，即把文学语言转换为视觉语言，因此，语言转换是插图创作的本质。书面语言和视觉语言有着相似的表达方式，如直叙、白描、夸张、比喻、比拟、象征等等。因此，用书面语言可以表现的事物，自然也可以用视觉语言传达，两种语言之间可以互换。如果把书面语言当成作家的首次创作，从书面语言到视觉语言的转换就是再创作，插图画家的工作价值全部凝结于此。"再造"是插图创作的核心，历来受到画家的高度重视。著名插图画家高荣生先生说："……插图创作的思维方式是独特的，它是再造想象的思维。当插图以恰当的视觉语言表现了书面语言的内容，并加深了原作的精神内涵，这首先归结于再造想象的成功，也是语言转换的成功。"[119] 连环画画家贺友直先生认为："……文学语言，到底还是抽象的，由此而变成视觉形象具体的绘画语言，必须经过再创作。何况文学有时局限于笔之所至而无法同时旁及其他，而这无法旁及的一部分，正需运用画的语言补充，这就是更高要求的再创作了。这样的再创作，不只是多画几个人或物以填充画面，而是注入画家对主题的理解和理想，也就是说出画家自己要说的话，这样的文画结合，才能使作品更丰满、深刻。"[120] 版画家马克写道："插图是从属性的艺术，是为一定的内容所制约的。然而它并不是对作品内容的简单的图解，而是具有造型艺术特点的一种再创造。"[121] 工笔重彩家、插图画家潘絜兹指出："文学为插图提供了依据，插图则以形象丰富了文学。好的插图不是文学的附庸，不是图解文字，而是把无形的文学语言，化为可视的绘画语言。这'化'，乃是一项再创造。"[122] 既

119. 章桂征：《中国当代装帧艺术文集》（高荣生：《关于插图创作中的语言转换》），长春：吉林美术出版社，1998年，第1499页。

120. 贺友直：《贺友直说画》，上海：上海人民美术出版社，2008年，第167页。

121.《彦涵插图选》（马克：《彦涵的插图艺术》），成都：四川人民出版社，1983年，前言。

122. 转引自章桂征：《中国当代装帧艺术文集》（郭振华：《国画插图天地宽》），长春：吉林美术出版社，1998年，第1382页。

123. "书籍的插图，原意是在装饰书籍，增加读者的兴趣的。但那力量，能补助文字之所不及，所以也是一种宣传画。"鲁迅：《鲁迅杂文全编》（三）（《"连环图画"辩护》），北京：人民文学出版社，2006年，第255页。

124. "……插图再创作的余地取决于书面语言所提供的再造条件，而高水平的小说给予插图作者的恰恰是苛刻的条件，它不仅有非常生动具体的形象表述、深入细微的心理描写，语言自身也常带有深层的含义。把插图作者带入了一个难以'补其不足'的境地。"章桂征：《中国当代装帧艺术文集》（高荣生：《关于插图创作中的语言转换》），长春：吉林美术出版社，1998年，第1497页。

125. 高荣生：《插图全程教学》，北京：中国青年出版社，2011年，第166页。

126. "我认为，一幅插图成了文学作品的尾巴，仅重复书中描写的，这不是好的插图。它应把文字作为根据，树立独创性。好的插图不需要加标题，不需要从书中摘话，好的插图放到展览会上，别人一看就明白。它能成为独幅画，把观众思考引到新的方面——作品以外的一些东西。读者通过它，能去着重体会文字，唤起更丰富的想象。"黎朗：《插图不是文字的尾巴——记维列依斯基谈插图创作》，《美术》1957年第4期，第16页。

127. "再创作的含义并非仅指游离于原文的程度，直接性的转换同样能显示出独立的艺术价值，关键在于是主动地表现还是被动地接受与照搬。"高荣生：《插图全程教学》，北京：中国青年出版社，2011年，第166页。

然是再造，就会有新的东西产生，即画家的对文学作品的理解。好的再造，不仅"能补助文字之所不及"[123]，还能加强内容传达的深度，最终使插图产生独立的价值。

书面语言转换成视觉语言有多种途径，插图画家通常是根据"书面语言所提供的再造条件"[124]来决定转换方式。大致来说，直接转换、间接转换和意象化传达是三种主要的转换方式。

第一节　中国当代文学插图中的直叙性转换

1.1　直叙性转换

直叙性转换即直接转换，它的含义是："按照文学作品中故事发展的逻辑以视觉语言的要求选择、提炼，创造'典型环境中的典型形象'。"[125]大多数文学插图都是如实地再现文字内容，比较典型的例子如前文提到的绣像插图，画面通常只有人物形象，没有情节描绘，因而也没有文字以外的发挥。对文本进行直接转换的同时，也要避免图解。苏联著名插图画家韦列依斯基指出，插图如果仅重复书中的描写，便成了文字的尾巴，好的插图应把文字作为根据，树立独创性，从而引导观众重新体会文学作品，产生更丰富的想象[126]。对于插图画家米说，插图创作很不"自由"，由于原文的存在，只能表现限定的内容。插图的独立价值，取决于画家对文字的处理方式，是主动寻找创造性的表现语言，还是被动地照搬、图解原文[127]。

1.2 视觉要素的提炼——《百喻经新释》插图详解

寓言是用假托的故事、自然物的拟人手法，来说明某个道理的文学作品，常带有讽刺或劝诫的性质[128]。寓言故事通常篇幅短小，具有小中见大的显著特点。相较其他类型的文学作品，寓言插图概括性更强，难度更大。《百喻经新释》插图通过对故事要点进行提炼，转换成视觉要素，舍弃与主题无关的细节，使读者一目了然。再加上名家绘图，画风轻松幽默，形象生动有趣，使这部作品成为当代文学插图中的经典之作。

《百喻经》的作者是天竺僧伽斯拿，由天竺法师那毗地译出。这部作品是佛教宣扬大乘法的经书，内有故事一百篇，既是一部佛教典籍，又带有寓言性质。《百喻经新释》插图原发表于《漫画月刊》，由郑拾风撰文，张乐平、程十发、黎冰鸿绘图，深受读者欢迎。1956年，上海人民美术出版社将其结集，出版彩色连环画《百喻经新释》。所谓"新释"，即从中挑选三十七篇重新编写，使其具有新的现实意义。《百喻经》由于其题材的独特性，要求画家在绘制插图的时候，需要考虑到文字背后的隐喻性，这样才能达到切中题义、进而升华原文内容。这就好比古人在为诗配画时，既要严格扣题，又要善于从字里行间生发联想，甚至从看似无关的物象中找寻到对应点，从而达到"意在言外""得意忘言"的艺术效果。

这方面的代表性例子如"罗刹戏服喻"，讽刺抓住一鳞半爪、不去思考只会盲从的行为，最终证明是庸人自扰（图4-1）。

一群演戏的艺人，结伴流浪异乡。经过婆罗新山时，听得人说，这山中有吃人的罗刹，艺人们十分恐惧，就在山中烧了一堆篝火，团团围卧。其中有一个难耐风寒，不能入睡。半夜，在行装里翻出一件罗刹戏服穿上烤火。不久，另一个从梦中醒来，看见火旁边坐着一个"罗刹"，吓得大叫而逃。这一来，把所有的人都惊醒了，也都大喊大叫四散逃命，那身着罗刹服的，也莫名其妙跟着飞跑。其他人看见"罗刹"尾追不舍，更是不顾性命狂奔。很多人跌倒在山沟里，身受重伤。到天亮，才知道是这么一回事。[129]

"罗刹戏服喻"抓住众人连同"罗刹"一起逃命的场景表现，正是"人云亦云"的形象转化。画面左侧栽下悬崖的人物动态刻画得尤其生动，凸显出盲从的代价。

128. 商务国际辞书编辑部：《商务国际现代汉语词典》（彩色插图本），北京：商务印书馆国际有限公司，2014年，第1302页。

129. 郑拾风 文，张乐平、程十发、黎冰鸿 画：《百喻经新释》（彩色连环画），上海：上海人民美术出版社，1956年，第7页。

图 4-1 《百喻经新释》之"罗刹戏服喻",作者:张乐平、程十发、黎冰鸿。(摘自《百喻经新释》,图版第 8 页)

"估客驼死喻"讽刺了舍本逐末的做法(图 4-2)。

有人在沙漠中旅行,中途,骆驼死了。骆驼所载的多是珍宝细软,上等毛毯种种货物。骆驼死后,便把它的皮剥下。主人先走了。临行,关照两个孩子:好好看守驼皮,莫让它湿烂。不久,天下起雨来,两个孩子为了"忠实"执行主人的命令,就把上等毛毯覆在驼皮上,结果,驼皮完整无恙,上等毛毯却湿坏了。[130]

"估客驼死喻"是《百喻经》中很有代表性的一篇,

130. 郑拾风 文,张乐平、程十发、黎冰鸿 画:《百喻经新释》(彩色连环画),上海:上海人民美术出版社,1956 年,第 1 页。

图 4-2 《百喻经新释》之"估客驼死喻",作者:张乐平、程十发、黎冰鸿。(摘自《百喻经新释》,图版第 2 页)

作者极具匠心地选取故事发展的高潮,即两个孩子认真地用上等毛毯覆盖驼皮的场景,反衬出商人不在场的戏剧性。这种画面处理方式属于"减法",通过对视觉语言进行取舍,把原文的主题诠释得更透彻。

"守门喻"又是一个讽刺本末倒置的故事(图 4-3)。

哥哥出门,吩咐弟弟:好好看好门户,看好骗子。哥哥走了以后,邻家传来音乐的声音。弟弟急于想去听,就卸了房门,驮在驴背上,牵着驴子过邻家去了。屋中的财物却被小偷搬走一空。哥哥回来,问他:"财宝呢?"弟弟说:"你只叫我看门、看驴子,其他的事情,我不知道。"哥哥说:"要你看门,正是为了看守财物,财物丢了,留下这扇门有啥用!"[131]

图4-3 《百喻经新释》之"守门喻"，作者：张乐平、程十发、黎冰鸿。（摘自《百喻经新释》，图版第19页）

    "守门喻"和"估客驼死喻"有异曲同工之妙，画面选取了两个重要的视觉元素——卸掉的大门、失窃的房子，将"前因"和"后果"巧妙地组织在一张画面上，这极具戏剧性的一幕，精彩地表现了原文之意，予人以回味无穷之感。

    "口诵乘船法而不解用喻"讽刺了理论与实践脱节的问题（图4-4）。

131.郑拾风 文，张乐平、程十发、黎冰鸿 画：《百喻经新释》（彩色连环画），上海：上海人民美术出版社，1956年，第18页。

    有一人和很多客人一道入海采宝。这人对航海驾船的方法背诵如流。碰到海水漩涡急流，应该如何如何，说的头头

图 4-4 《百喻经新释》之"口诵乘船法而不解用喻",作者:张乐平、程十发、黎冰鸿。(摘自《百喻经新释》,图版第 17 页)

是道。客人们都相信他的话。可是到了海上,当真碰上漩涡急流,这人空口念念有词,如何如何,却毫不顶用。船呢,盘旋急转,不能前进。[132]

"口诵乘船法而不解用喻"选取"困境"讽刺空谈理论的后果,画家充分利用线的组织,描绘漩涡急流,将置于其中打转不能脱困的大船表现得十分到位,讽刺了那些空谈理论的人。

132. 郑拾风 文,张乐平、程十发、黎冰鸿 画:《百喻经新释》(彩色连环画),上海:上海人民美术出版社,1956 年,第 16 页。

图4-5 《百喻经新释》之"煮黑石蜜浆喻"，作者：张乐平、程十发、黎冰鸿。（摘自《百喻经新释》，图版第36页）

"煮黑石蜜浆喻"讽刺了那些解决问题抓不到关键和实质的做法（图4-5）。

133. 郑拾风 文，张乐平、程十发、黎冰鸿 画：《百喻经新释》（彩色连环画），上海：上海人民美术出版社，1956年，第35页。

有一次，某乙来拜访某甲，某甲想：我应该煮一杯黑石蜜浆来敬客人。他一面把黑石蜜加了一些水，放在锅里煮；一面用一把扇朝锅里扇。别人问他为什么，他说："希望蜜浆快一点凉呀！"别人笑道："锅下如不止火，你就扇的不停，也不会冷啊！"[133]

文学内容的再造

"煮黑石蜜浆喻"的画面作直叙性语言转化，直接描绘了某甲在火上扇凉的愚蠢做法，这一矛盾的完整呈现形象地说明了这则寓言的实质。

"驼瓮俱失喻"讽刺的是没有思考能力、取舍不当的愚蠢行为（图4-6）。

从前有一个人，把谷盛在瓮中，一天，骆驼把头伸进瓮中吃谷，出不来。这人大为着急。正好一个老人来，对他说："你且莫着急。只消你用刀把它的头砍掉，不就行了么！"这人听了，果然就采用了这个办法，结果，骆驼死了不必说，连瓮也破了。[134]

"驼瓮俱失喻"的画面省略了背景，将情节浓缩于驼、瓮、人之上，表现出驼瓮尽失的结果，使人想起"削足适履""杀头便冠"这样的成语，是对思维机械僵化、轻重不分的有力讽刺。

《百喻经新释》插图在创作上属于直叙性语言转化，画面表现不脱离原文内容，在对细节的挖掘中展开表现。寓言故事基本都可以用一个成语或一句话来概括主题，因此，插图画面越精简，就越符合原文的意旨。画家通过删减画面元素（例如背景、道具）、舍弃次要情节，使焦点和矛盾冲突跃然纸上，读者一看到画面，便能对寓言故事的主旨一目了然。

图4-6 《百喻经新释》之"驼瓮俱失喻"，作者：张乐平、程十发、黎冰鸿。（摘自《百喻经新释》，图版第25页）

134. 郑拾风 文，张乐平、程十发、黎冰鸿 画：《百喻经新释》（彩色连环画），上海：上海人民美术出版社，1956年，第24页。

1.3 插图中的戏剧化表达——以彦涵作品《王贵与李香香》为例

著名版画家彦涵也是一位优秀的插图画家。他在近半个世纪的艺术生涯中，创作了多达上百幅插图[135]。彦涵的一生充满传奇色彩，早年的战斗经历深刻地影响到了画家的艺术创作，他将丰富的人生经历和内心的英雄主义情怀倾注到创作中，作品往往充满强烈的动感和激情澎湃的氛围，散发出浓郁的浪漫主义情怀。这些特质集中体现在画家为诗歌《王贵与李香香》创作的套色木刻插图中，下文将以这部作品为例，分析其语言转换的特点。

1.3.1 《王贵与李香香》的文本与插图

《王贵与李香香》是诗人李季 1945 年创作的长篇叙事诗，讲述了陕西三边地区一对青年男女争取爱情和投身土地革命的曲折历程。作者以陕北民歌信天游的形式描写当地的民间故事，其写作手法富有浓厚的地方色彩，被认为在民族化和大众化的道路上取得了重大成就，从而成为解放区文艺的代表作品。自 1946 年 9 月 22 日至 24 日在延安《解放日报》副刊上公开发表以来，这部长诗的单行本不断再版，成为中国现当代文学史上一部流传甚广的作品。在《王贵与李香香》的不同版本中，人民美术出版社 1961 年 10 月出版的插图本，是由延安木刻的代表人物、艺术家彦涵创作的。正文的每个章节都配有一幅插图，共计 12 张，均为套色木刻[136]。画家以木刻强烈的黑白对比作为形象塑造的主要手段，重点刻画了具有反抗精神的王贵、坚贞不屈的李香香以及狠毒猥琐的崔二爷这三个主要人物。在背景环境上，用鲜明的色调表现激烈的战斗和欢庆胜利的场面，用灰暗的色彩强化地主的残酷压迫和农民遭受的苦难，用明亮的颜色描绘陕北高原以烘托浪漫的场景。无论版画还是插图，彦涵的作品总是激动人心的，洋溢着浪漫的革命激情。全套插图和书籍装帧既突出了革命的传奇精神又富有浓郁的陕北民间艺术特色，整体上与文学作品自身的艺术特质更相契合。李季对这套插图给予了高度评价："对我的诗来说，是锦上添花。他的画丰富和补充了我的诗。"[137]（图 4-7、图 4-8）

135．"自 1939 年创作第一幅插图起，四十多年来，他先后给鲁迅、巴金、赵树理、曹靖华、李季、刘白羽、管桦、碧野、陈登科、海默、闻捷、李建彤等二十多位作家的小说、诗歌和散文，创作了二百多幅插图，这还不包括那些在战争年代中失散的和经常应约为报刊所作的插图。"《彦涵插图选》（马克：《彦涵的插图艺术》），成都：四川人民出版社，1903 年，前言。

136．封面为"第二部　一　闹革命"插图。

137．郭振华：《我国插图一瞥》，《美术》1981 年第 8 期，第 10 页。

1.3.2 插图《王贵与李香香》中的戏剧化表达

插图画家、评论家郭振华说:"画家彦涵为李季的诗集《王贵与李香香》作的套色木刻插图,则富有绚丽的戏剧性色彩,人物与情节往往选在最为惊心动魄之处,几乎每一幅插图,都有自身独特的主题,如音乐,如歌剧,感人至深。"彦涵的很多插图作品都有上述特点,经过再造加工,使得原本普通的场景"像戏剧情节那样曲折、富于变化和激动人心"[138],散发出强烈的张力。画家擅长在直叙性的语言转换中增容,通过营造充满动态的构图,强化激烈的矛盾冲突,每幅插图如同被"定格"的舞台,将最引人入胜的瞬间展现在人们眼前,使读者觉得非常"带劲"。

彦涵在谈到插图创作时曾经说过:"我以为插图作者在创作之前,首先要很慎重的研究文学作品的思想内容。只有画家深刻地理解文学作品,并对作品所描写的人物与事件有相当的生活体验,这样画家与作家之间对这一作品才算有了同感。画家才能创造出与文学作品描绘的人物或景物相符合的视觉的形象,帮助读者对文学作品的理解,并为它增色。"彦涵和李季有过同样的解放区生活经历,因此他们对陕北的革命斗争历史和当地的风俗习惯非常熟悉,这使得画家在创作《王贵与李香香》插图方面,具备了旁人不及的优势。生活是艺术创作的源泉,在《王贵与李香香》的故事里,日常的战斗生活以及延安文艺活动经历(特别是话剧、秧歌剧)都被画家创造性地融入画面中,充分发挥了视觉语言的优势,起到了为原文增色的目的。

战斗生活经历在插图中的体现

战争的经历使彦涵更擅长描绘战斗场景。彦涵有"战士画家"之誉,早年作为鲁艺木刻工作团的一员,彦涵和他的同志们坚持把木刻带到前线去。在太行山抗日民主根据地开展木刻宣传工作的三年多时间里,彦涵体验生活、接触群众、深入部队、参加战斗,对战争环境的艰苦和对敌斗争的残酷有着深刻的了解。这些经历最终融入在了画家充满战斗性的木刻作品中,像《不让敌人抢走粮食》《当敌人搜山的时候》《奋勇突击》《把她们隐藏起来》《民兵的故事》(插图)、《狼牙山五壮士》(连环画)等。这些作品都有一个共同的特点,就是从构图到人物动作都充满

图4-7 《王贵与李香香》,作者:李季。(摘自《王贵与李香香》,护封)

图4-8 《王贵与李香香》,作者:李季。(摘自《王贵与李香香》,内封)

138. "戏剧性:① 像戏剧情节那样曲折、富于变化和激动人心的……"商务国际辞书编辑部:《商务国际现代汉语词典》(彩色插图本),北京:商务印书馆国际有限公司,2014年,第1131页。

动势，直面战斗场景，气氛紧张激烈。鲜活的细节和激动人心的场面建立在画家对战斗生活的真实体验上，而这些单凭主观臆想是难以描绘出来的。

翻开《王贵与李香香》，可以发现有多幅插图表现的是激烈的矛盾冲突，其中描绘王贵与崔二爷两人正面交锋的一幅作品很有代表性，我们借此简要分析一下画家在处理这类主题时的表现手法（图4-9）。

放羊回来刚进门，两条麻绳捆上身。《王贵与李香香》第二部 二 "太阳会从西边出来吗？" [139]

图4-9 《王贵与李香香》，作者：李季。（摘自《王贵与李香香》，图版第35页）

地主崔二爷因王贵闹革命，对其严刑拷打，而王贵敢于反抗，当众揭露了崔二爷剥削农民的事实。画中人物的动势非常夸张，画家用刚劲的黑白木刻语言强化了弧线的表现力：崔二爷居高临下，指挥爪牙捆绑王贵，貌似占了上风，但由于内心恐惧革命，肢体向内收缩，反而显得畏首畏尾；王贵看上去身处劣势，但愤怒和反抗意识使他的身体姿态犹如一张拉满的弓，蓄满了爆发的力量。二人的姿态形成鲜明的对比，充分表现出他们的心理活动。此外，近处的建筑和背景的山坡，都呈现弯曲的动势，从而呈现出一幅由不同强度的弧线组成的画面，展现出强烈的战斗精神。彦涵的这些创作特点，离不开丰富的革命斗争经历和内心的英雄主义情怀。如果和画家延安时期的作品相比，更可以看出其中的联系与发展：《王贵与李香香》插图虽然延续了作者擅长利用木刻的强烈对比来表现激烈运动场景的手法，但画面中已开始出现从人物动势中提炼出的线性构成因素，即从使用木刻刀排线来表现物体的阴影体积，真实客观地描绘对象，（图4-10）到观察对象动态，主动提取线造型因素的发展变化过程，从而使画家最终能够主动、自如地捕捉原著中的精髓，创造出令人难忘的艺术形象。我们可以在画家七八十年代的插图作品中，看到其对形式语言更加强烈的关注（图4-11）。

戏剧因素在插图中的体现

彦涵在陕甘宁边区的生活经历也为插图提供了富有地方特色的表现语言。李季用陕北民歌信天游的形式创作了《王贵与李香香》，这种独具音乐美感的艺术语言包含特定的节奏和韵味。为了适应文本特点，画家在插图人物塑造上借鉴了舞蹈、话剧表演中的手势和身形，通过这些戏剧化的表达，增强画中的戏剧性和舞台效果，以期与高度凝炼、满怀激情的诗歌风格相适应。此外，全部插图画面大致都可以分为前后两层景深，前景用黑白效果表现主体人物，背景用套色交代环境，效果较为平面，和戏剧舞台的布景颇为类似（图4-12、图4-13）。插图中的舞台现场感和歌舞形式的戏剧表演场景，不禁使人联想到彦涵所经历的戏剧活动，例如延安时期的秧歌剧、歌剧、话剧、新秦腔、新平剧、郿鄠戏、河南坠子、山西梆子、练子嘴等，都在革命斗争中发挥了巨大的宣传作用。特别是"新秧歌"[140]，"是一种熔戏剧、音乐、舞蹈于一炉的综合艺术形式，它是一种新型的广场歌舞剧"（周扬《表现新的群众的时代》），极具普及性，是当地群众喜闻乐见的文艺活动。像美术创作一样，戏剧的内容有相当一部分是关于生产生活、革命斗争等抗日民

139. 李季：《王贵与李香香》，北京：人民文学出版社，1961年，第30页。

图 4-10 《狼牙山五壮士》，作者：彦涵。（摘自《彦涵插图选》，图版第 20 页）

图 4-11 《白光》，作者：彦涵。（摘自《彦涵插图选》，图版第 58 页）

文学内容的再造

图4-13《王贵与李香香》，作者：李季。（摘自《王贵与李香香》，图版第21页）

图4-12《王贵与李香香》，作者：李季。（摘自《王贵与李香香》，图版第9页）

140."……工农兵一个个都是满面红光的，所歌唱的也都是边区的新人新事，赞扬劳动英雄，批评二流子懒汉。写的尽是劳动人民的事情，风格又健康、大方。老百姓称之为新秧歌，又叫它斗争秧歌，以别于旧秧歌，也就是老百姓惯称的'骚情秧歌'。'骚情'在陕北就是拍马屁的意思。过去过年，农民的秧歌队一定要上地主家去拜年，老百姓说，这是'骚情地主'。现在的秧歌呢，以劳动人民做主人公，说的都是生产的事，谁不积极生产就批评谁，所以说是斗争秧歌。"张庚：《回忆延安座谈会前后"鲁艺"的戏剧活动》，《戏剧报》1962年第3期，第7、8页。

141."'鲁艺'这个学校，是个综合性的艺术学校，有文学、戏剧、音乐、美术几个部分。但这里也有一个很好的作风，就是凡属重要一点的艺术活动是全院的同志都注意的，都感兴趣的。全院有好多种墙报上展开讨论。"张庚：《回忆延安座谈会前后"鲁艺"的戏剧活动》，《戏剧报》1962年第3期，第10页。

142.李季：《王贵与李香香》，北京：人民文学出版社，1961年，第68页。

主根据地劳动人民的新人新事，非常受老百姓欢迎。延安的美术工作者们对这些戏剧表演形式更是非常熟悉。包括彦涵学习和工作过的"鲁艺"在内，许多专业团体都在从事各种类型的戏剧演出，与此同时，鲁艺作为一所综合性艺术学校，校内从事文学、戏剧、音乐、美术的专业人才都有集思广益、共同参与创作的良好作风[141]。种种条件使美术家们耳濡目染，围绕戏剧创作了一批美术作品，有的直接表现戏剧活动，像计桂森的木刻版画《老百姓帮我们排戏》、古元的木刻版画《排戏》、王流秋的木刻版画《秧歌剧》等；还有的以剧本作为插图创作题材，例如古元的木刻连环画《新旧光景》（歌舞剧）、插图《周子山》（秧歌剧）和《同志，你走错了路！》（四幕话剧）（封面插图），力群的木刻连环画《小姑贤》（秧歌剧），以及佚名插图《兄妹开荒》（话剧）（封面插图）、《查路条》（秦腔）（封面插图）、《穷人恨》（秦腔）（封面插图）等。戏剧表演和插图同属视觉艺术，两种语言互换的可能性很大，使得画家能够借鉴一些戏剧元素并且运用到插图上，以增加画面中故事的戏剧性。在《王贵与李香香》第三部里的"团圆"一幕插图中，这种视觉感受最为强烈。

点起火把满寨子明，庄户人个个来欢迎。[142]

故事发生在地主崔二爷家里，崔二爷正在小抢亲宴，这时游击队及时出现，不仅把崔二爷和走狗一网打尽，还及时解救了李香香。画家利用背景的窑洞和两侧的院墙阻挡了画面深度，院中空敞正好形成一个类似舞台的小空间，众多人物登台亮相，就像舞台剧的大结局一样：

图 4-14 《王贵与李香香》，作者：李季。（摘自《王贵与李香香》，图版第 69 页）

游击队员们高举火把、红旗、步枪和红缨枪，把崔二爷和几个白军捆住摁在地上，人物动作既讲究又夸张，有明显的舞蹈表演痕迹，画家用这些固定的程式化的动作代表出场人物各自的身份和结局，呈现出一派大团圆和欢庆胜利的景象，整个画面仿佛再现了一幕生动的戏剧演出（图 4-14）。

1.3.3 结语

插图创作常识告诉我们，同一部书，选取原著中的哪段情节来画非常重要，这可以反映出插图作者的经历、喜好和风格特征。综合来看《王贵与李香香》插图，表现内容起伏跌宕，既有浪漫抒情的画面，又不乏紧张激烈的战斗场景，由此可见，书中充满矛盾冲突和情节张力的情景更能唤起彦涵的创作欲望。另外，画面中主角和反角的形象刻画和动作设定带有戏剧表演的明显特征，这表明画家成功地从戏剧语言和舞台效果中吸取了视觉经验。事实上，这种情节的戏剧化也体现在彦涵延安时期的版画、插图和连环画中，画家已经把人生经历与艺术的戏剧化融合在了一起。

第二节　中国当代文学插图中的再造性转换

1.1　间接性转换

与直叙性表达相对应的是间接性转换。间接性转换更能考验插图作者在视觉语言上的"再造"能力，它表现的内容既在文字之外，又在情理之中，需要画家对原文加以改造，另辟蹊径，以达到"点题"、丰富原著的目的。间接性转换历来为插图画家所重视，高荣生先生认为："间接表现'在大多数情况下比直接陈述更有意义，更具有深度和更能唤起读者的联想。'它不仅能挖掘文章语言的层面，也能表达画外涵义。间接表现手法是由文学语言引发的从一个表象到另一个表象的联想，是转换为视觉语言之前的转化。"[143]贺友直先生说过："……在主要情节下的无数次要情节，犹如绿叶和红花的关系，可以这样说，如果缺乏原著中没有提到的情节的描绘，这一主题，这幅画，就大为逊色，甚至不能成立了。所以，我认为在这方面是否刻苦地去追求，是不是有丰富的想象力和创造力，都直接关系到一个作品的思想性和艺术性的高度。"[144]"文字之外"是间接性语言转化的一个显著特征，但这并不意味着插图创作可以脱离原文，而是必须在文字的限制中进行再创作，以达到补文字之不足。间接性语言转化可以使"画因题句而忽然增趣，题句亦因画而加活现"[145]。因此，对图文关系的处理，是最能体现插图画家创作能力的地方。

1.2　补充性的转换

画家不满足于原文的描写，希望将自己的独特理解充

143. 章桂征：《中国当代装帧艺术文集》（高荣生：《关于插图创作中的语言转换》），长春：吉林美术出版社，1998年，第1497页。

144. 贺友直：《贺友直说画》，上海：上海人民美术出版社，2008年，第25、26页。

145. 郎绍君、水天中：《二十世纪中国美术文选》（丰子恺：《中国画的特色——画中有诗》），上海：上海书画出版社，1999年，第633页。

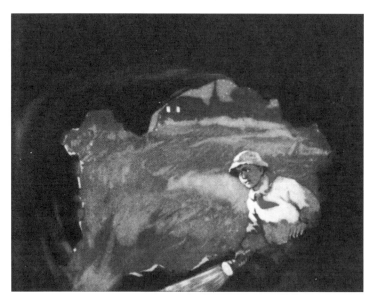

图 4-15 《水晶洞》，作者：章桂征。（摘自《水晶洞》，图版第 255 页）

分表达出来，因而对情节进行超出文字之外、又合乎原文逻辑的再创造，这种视觉转化使得文学作品变得更加丰满和深刻。

图 4-15 是儿童文学《水晶洞》中的一幅插图。该书于 1963 年由吉林人民出版社出版，原著者鄂华，封面设计、插图均为章桂征。《水晶洞》讲述了一个惊心动魄的寻宝与反特的故事，塑造了许华、玲玲、邵希、老教授等一批勇敢正直的人物形象。经过大家的努力，最终找到了水晶矿，揭露了以韩神父为代表的特务的阴谋，故事中间还向广大青少年读者普及了水晶的科学知识，具有寓教于乐的价值。

> ……他走到了废洞跟前，掀亮手电筒，照了照面前胡乱堆积着的石块，选定了几块较小的，开始搬动起来。[146]

插图作者对上述情节发生的环境进行了补充，将教堂安排在画面背景中，使之和废洞同时出现，教堂暗示着神父，废洞则是以神父为首的特务集团隐藏阴谋的地方，这

146. 鄂华：《水晶洞》（阳光的季节 第一部），长春：吉林人民出版社，1963 年，第 254 页。

两重含义通过画面空间的安排，极为巧妙地呈现在读者面前，暗示着主人公许华即将揭开隐藏在废洞里的真相。这种安排是典型的对于文字内容的视觉语言转化，体现出插图画家在充分理解原著精神之后的整体把握能力和细节营造技巧。

图4-16是小说《红岩》的插图，《红岩》是一部家喻户晓的反映国内革命斗争的长篇小说，四川版画家集体为《红岩》创作的插图也被公认为插图史上的经典。

> 他站在高高的石阶上，忽然回过头来，面对跟随在后的特务匪徒，朗声命令到："走！前面带路。"[147]

《红岩》插图"许云峰在地牢"（又名"走，前面带路"）的作者是著名版画家李焕民，表现的是许云峰牺牲前的场景。革命者屹立于石阶之上，目光坚毅，表现出视死如归的英雄气概，背景中阴森的地牢更将这种气概衬托得淋漓尽致。为了画好创作，李焕民曾经多次到实地寻找灵感[148]。因此，画家对关押革命者的牢房环境是非常熟悉的，但是插图中的地牢却与实际情况并不相符。作者说："在地牢的结构方面，我颇费一些心思。小说描写地牢是一条很长的通道，在独幅画中无法体现，于是我把地牢的石阶变成旋转上升的梯形，一方面可以显示出地牢阴森恐怖，另一方面环绕的梯形地牢可以引导读者将视线集中于烈士身上。"[149] 由此可见，画家基于视觉表现需要的修改，是插图作品获得成功的必不可少的因素。

1.3 升华性的转换

插图只能用画面来说话，这是由视觉语言的特征决定的。那么，诸如心理活动、哲学道理这样的文字描写就很难直接转换成画面，只能寻求间接性、升华性的转化。贺友直先生认为这是一种难度极大的再创作，"必须采取象征表义的手法，把文字'背面'的内容透露出来，这样的作品，看似离题，而实际是表现得更真实深刻……"[150] 升

147. 罗广斌、杨益言：《红岩》，北京：中国青年出版社，1962年，第552页。
148. "李焕民回忆说，在创作版画时，他多次到白公馆、渣滓洞寻找灵感，那张《许云峰在地牢》的插图就是这样创作出来的。"邓中和：《不朽的名著，不朽的插图——〈红岩〉插图创作的前后》，《美术》2016年第8期，第108页。
149. 邓中和：《插图的魅力——从〈红岩〉插图创作谈插图艺术与教学》（学术报告讲稿），"第二届全国高校插图艺术作品展暨插图教学研讨会"于北京印刷学院，2013年11月6日。
150. 贺友直：《贺友直说画》，上海：上海人民美术出版社，2008年，第168页。

李焕民 作

图 4-16 《红岩》，作者：李焕民。（摘自《红岩》，图版第 551 页）

华性的转化建立在插图作者对文学作品的深刻理解上，画家要站在与原著者同样的高度去再造，这样最终创作出来的插图作品往往是具备独立价值的精品。

图4-17是著名版画家、插图画家赵延年先生创作的《狂人日记》插图。赵延年潜心研究鲁迅著作多年，创作插图近二百幅，成为"我国版画界钻研鲁迅作品最为深刻，实践鲁迅木刻教言最为勤奋，获得艺术成就最为辉煌的艺术家"[151]。画家主要用黑白木刻表现鲁迅作品，简练、直接的黑白语言不仅有着强烈的视觉冲击力，还蕴含着严肃、深沉、爱憎分明等丰富的思想内涵，是鲁迅小说精神的有力呈现。

没有吃过人的孩子，或者还有？救救孩子……[152]

"救救孩子"是狂人在黑暗中发出的最强的呐喊，画面中的狂人虽然身形羸弱，但仍然想要突破黑暗，举向天空的双臂表明了他对光明的渴求。画家巧妙地借用两排房檐夹缝中的一线天空，去隐喻刺破黑暗的呼声。还应注意到的是地上横向的白形，既像投向无边黑暗里的一束光，又平衡了以纵向形为主导的画面。这些安排使画中情景虚实结合，相当深刻地传达出原文的思想内涵。

在赵延年创作的插图中，升华性的语言转化手法比比皆是。《狂人日记》的另一张插图，表现狂人吃鱼的场景，盘中的鱼瞪目张口，让狂人觉得惊悚，产生了"鱼会吃人"的恐惧心理。画家把狂人心里的想法外化为从半空中扑下来的大鱼，相对于盘中的小鱼，大鱼真的可以"吃人"了。再如画家为《阿Q正传》所作的一张插图：阿Q最厌恶的"假洋鬼子"回来了，装腔作势地在街上走。"假洋鬼子"虽然剪了辫子，穿上西装，一副十足的洋派打扮，但其骨子里的封建思想并没有丝毫的改变。为了揭示"假洋鬼子"的真实面目，画家将人物置于巨大的石牌坊之下，借用古代建筑暗示"假洋鬼子"所代表的封建势力。有人说文学与插图就像"不同兵种相互配合作战"[153]，可以更为有效地发挥艺术创作的感染力。间接性、升华性的转化充分发挥了视觉语言的特点，使读者在阅读中体会到文字背后的寓意，同时也欣赏到插图画家的巧思所创造出的全新成果。

151.赵延年：《赵延年木刻鲁迅作品图鉴》（李允经：《序》），北京：人民文学出版社，2005年，第1页。

152.鲁迅：《赵延年木刻插图本狂人日记》，北京：人民文学出版社，2005年，第18页。

153.何溶：《文学书籍插图选集》（后记），北京：人民美术出版社，1962年，第1页。

图 4-17 《狂人日记》，作者：赵延年。（摘自《狂人日记》（赵延年木刻插图本），图版第 19 页）

第三节　中国当代文学插图中的意象化表达

1.1　意象化表达

插图的表现语言与文学作品的写作方式有着密切的关系，著名画家贺友直先生形象地阐述了这种关系，他在总结自己的创作经验时说："……对一个作品采取写实的表现手法，那么对于构图、造型、内容情节的处理，都必须服从于写实的要求。如果去表现一个虚构幻想的神话故事，仍然采取写实的表现方法，就不能引起读者丰富的想象。"[154] 也就是说，对于那些幻想色彩浓厚的、以描写情感为主的文学作品，插图如果要将这些非具象的内容表达出来，就必须将具体的形象与文字引发的意象联想结合起来，从而拉开与现实物象的距离，即意向化的传达[155]。

1.2　代表性案例分析

图 4-18 是漫画家米谷为阮章竞的童话诗《金色的海螺》所作的插图。《金色的海螺》取材于民间故事《田螺姑娘》，讲述了捕鱼少年与海螺姑娘之间坚贞不渝的爱情故事。插图选取的是少年捕鱼的场景："他撒下来补结的渔网，从海水里往沙岸上拖。"少年两次收网捞上来的都是女仙化身而成的金色海螺，从而引出了二人相识相爱的浪漫爱情。米谷在为《金色的海螺》创作插图时，采用了意象化的表达方式，充分发挥了漫画家在想象力上的长处，极具创意地将画面虚构为抽象的线条集群，运用层层叠叠的曲线组成极富韵律感的波浪，在繁密的背景中反衬出近景的少年渔人，使得整幅画面充满瑰丽奇幻的想象。这一极具创意的画面给观众造成非常难忘的印象。米谷的创作特点得到淋漓尽致地展现，在保持民间风格的同时，充分发挥想象力，以渲染情节气氛为主，不拘泥于文字描写，烘托出极富戏剧感和视觉魅力的动人意境。

图 4-19 是版画家董其中为《湖南民谣》创作的插图。这幅作品同样属于意象化表达。画家选取了木刻的表现方式，将原文中相对写实的情景描写转化为简练概括的黑白块面，并借助写意化的景深、透视及构图安排，使得画面既符合原文中的环境氛围，又透出浪漫奔放的气息，很好地符合了原著中"层层梯田像高楼，离天只有九尺

154. 贺友直：《山乡巨变》（附录）（《旧话重提——回顾"山乡巨变"的创作经过》），上海：上海人民美术出版社，2008年，第17、18页。

155. "……意象亦为意念中的形象，与现实中的形象有很大的差异，形的发挥性、变异性是由直觉引发至自觉的表现活动。"高荣生：《插图全程教学》，北京：中国青年出版社，2011年，第176页。

九，半截伸在云里头，白米要在天上收"的文学意境。

图 4-18 《金色的海螺》，作者：米谷。（摘自《文学书籍插图选集》，图版第 56 页）

图 4-19 《湖南民谣》，作者：董其中。（摘自《十年来版画选集》，图版第 126 页）

156. 高荣生：《插图全程教学》，北京：中国青年出版社，2011 年，第 177 页。

插图画家高荣生先生说："探索插图的传达路径会带来很强的创作快感。"[156] 对读者来说，阅读的乐趣很大程度上来源于对文字内容的理解和想象，插图语言的传达和文字语言有相通之处，但又不完全相同，甚至有时候还会特意拉开距离，这种距离感不仅会给读者带来全新的视觉感受，还能另辟蹊径地描绘出文字无法传达的内涵，从而加深对原文的理解。因此，欣赏插图作品，不能只停留在丰富多彩的画面和表现技法上，更应该从"读画"入手，感受和思考图文之间的对应转换关系，从而真正体会"画外之音""言外之意"的妙处。

参考文献

一、古典文献

（清）叶德辉：《书林清话附书林徐话》，扬州：广陵书社，2007 年。

二、图像资料

巫鸿：《武梁祠——中国古代画像艺术的思想性》，北京：生活·读书·新知三联书店，2006 年。

郑振铎：《中国版画史图录 一》，北京：中国书店，2012 年。

郑振铎：《中国版画史图录 五》，北京：中国书店，2012 年。

周心慧：《中国古籍插图精鉴》，北京：中国青年出版社，2006 年。

《环翠堂园景图》（钱贡绘），北京：人民美术出版社版，1981 年。

孙温：《清·孙温绘全本红楼梦》（汉英对照），北京：作家出版社，2009 年。

金协中 绘画、三希堂 编文：《彩绘全本三国演义》（汉英对照），北京：中国书店，2008 年。

王叔晖：《王叔晖连环画作品选》，北京：人民美术出版社，2009 年。

周而复：《上海的早晨》（第二部）（装帧、插图：华三川），北京：作家出版社，1962 年。

赵树理：《三里湾》（吴静波插图），北京：人民文学出版社，1959 年。

周立波：《山乡巨变》（上）（装帧、插图：吴静波），重庆：重庆人民出版社，1963 年。

周立波：《山乡巨变》（全套）（改编：董子畏，绘画：贺友直），上海：上海人民美术出版社，2008 年。

周立波：《山乡巨变》（下）（插图：李桦、谭权书），北京：人民文学出版社，1979 年。

何溶：《文学书籍插图选集》，北京：人民美术出版社，1962 年。

赵树理：《灵泉洞》（插图：古元，装帧：姜世禄），北京：作家出版社，1959 年。

延安鲁艺文化园区管理办公室、延安桥儿沟革命旧址管理处：《延安鲁艺》，西安：世界图书出版西安有限公司，2017 年。

张光宇：《张光宇插图集》，北京：人民美术出版社，1962 年。

张光宇：《张光宇文集》，济南：山东美术出版社，2011 年。

Dmitry Sarabyanov. *Valentin SEROV：The First Master of Russian Painting*，*St Petersburg*. Aurora Art Publishers/Bournemouth：Parkstone Publishers，1996.

石羽 选编：《外国插图——杜宾斯基插图选》，天津：天津杨柳青画社，1987 年。

郑拾风 文，张乐平、程十发、黎冰鸿 画：《百喻经新释》（彩色连环画），上海：上海人民美术出版社，1956 年。

《彦涵插图选》，成都：四川人民出版社，1983 年。

李季：《王贵与李香香》（彦涵插图），北京：人民文学出版社，1961 年。

鄂华：《水晶洞》（阳光的季节 第一部），长春：吉林人民出版社，1963 年。

罗广斌、杨益言：《红岩》，北京：中国青年出版社，1962 年。

鲁迅：《狂人日记》（赵延年木刻插图本），北京：人民文学出版社，2005 年。

李桦、力群 编，古元等 作：《十年来版画选集》，上海：上海人民美术出版社，1959 年。

周进修：《难忘的插图艺术》，天津：天津人民美术出版社，2004 年。

肖洛霍夫：《静静的顿河》（第二部），北京：人民文学出版社，1982 年。

高莽：《苏联文学插图》，杭州：浙江人民美术出版社，1983 年。

梁斌：《红旗谱》（黄润华插图），北京：中国青年出版社，1959 年。

冯德英：《苦菜花》，北京：解放军文艺出版社，1959 年。

中国现代美术全集编辑委员会：《中国现代美术全集 插图》，合肥：安徽美术出版社，1997 年。

丁聪：《鲁迅小说插图》，北京：人民美术出版社，1978 年。

三、著作

高荣生：《插图全程教学》，北京：中国青年出版社，2011 年。

巫鸿：《武梁祠——中国古代画像艺术的思想性》，北京：生活·读书·新知三联书店，2006 年。

李新宇、周海婴　编：《鲁迅大全集》（第 8 卷 创作编 1934 年 5 月 -12 月），武汉：长江文艺出版社，2011 年。

张秀民：《中国印刷史》（上、下），杭州：浙江古籍出版社，2007 年。

王伯敏：《中国版画通史》，石家庄：河北美术出版社，2002 年。

贺友直：《贺友直说画》，上海：上海人民美术出版社，2008 年。

华三川 绘图、方轶群 配文：《白毛女》，北京：中国连环画出版社，1997 年。

章桂征：《中国当代装帧艺术文集》，长春：吉林美术出版社，1998 年。

周立波：《山乡巨变》（附录）（改编：董子畏，绘画：贺友直），上海：上海人民美术出版社，2008 年。

商务国际辞书编辑部：《商务国际现代汉语词典》（彩色插图本），北京：商务印书馆国际有限公司，2014 年。

新华词典编纂组：《新华词典》，北京：商务印书馆，1981 年。

舒新城、沈颐、徐元诰、张相：《辞海》（据 1936 年版缩印）（全二册），北京：中华书局，1981 年。

广东、广西、湖南、河南辞源修订组：《辞源》（修订本）（全两册），北京：商务印书馆，2004 年。

艾克恩：《延安文艺运动纪盛：1937 年 1 月—1948 年 3 月》，北京：文化艺术出版社，1987 年。

李树声、李小山：《寒凝大地——1930-1949 国统区木刻版画集》，长沙：湖南美术出版社，2000 年。

高荣生：《黑白涉步》，石家庄：河北美术出版社，1996 年。

《古元纪念文集》编辑委员会：《古元纪念文集》，北京：人民美术出版社，1998 年。

鲁道夫·阿恩海姆：《艺术与视知觉》，成都：四川人民出版社，2001 年。

唐薇、黄大刚：《瞻望张光宇：回忆与研究》，北京：人民美术出版社，2012 年。

张光宇：《张光宇文集》，济南：山东美术出版社，2011 年。

北京画院：《睿心天地——贺友直连环画艺术》，南宁：广西美术出版社，2016 年。

鲁迅：《鲁迅杂文全编》（三），北京：人民文学出版社，2006 年。

鲁迅：《鲁迅杂文全编》（四），北京：人民文学出版社，2006年。

施马里诺夫等：《苏联插图画家创作经验谈》，北京：人民美术出版社，1959年。

鲁迅：《鲁迅全集》（第十三卷 书信），北京：人民文学出版社，1981年。

《彦涵插图选》，成都：四川人民出版社，1983年。

周进修：《难忘的插图艺术》，天津：天津人民美术出版社，2004年。

陈履生：《革命的时代：延安以来的主题创作研究》，北京：人民美术出版社，2009年。

郎绍君、水天中：《二十世纪中国美术文选》，上海：上海书画出版社，1999年。

赵延年：《赵延年木刻鲁迅作品图鉴》，北京：人民文学出版社，2005年。

何溶：《文学书籍插图选集》，北京：人民美术出版社，1962年。

四、论文

王琦：《鲁迅论版画、插画、讽刺画和连环画的特点》，《美术研究》1979年第1期。

郭振华：《我国插图一瞥》，《美术》1981年第8期。

黎朗：《插图不是文字的尾巴——记维列依斯基谈插图创作》，《美术》1957年第4期。

孙滋溪：《插图教学的特点与措施》，《美术研究》1987年第3期。

周爱民：《延安鲁艺的创立缘起及其美术教育》，《美术研究》2004年第2期。

彦涵：《谈谈延安——太行山——延安的木刻活动》，《美术研究》1999年第3期。

古元：《从事版画创作的一点体会》，《文艺研究》1982年第8期。

古元：《到"大鲁艺"去学习》，《美术》1962年第3期。

古元：《回到农村去》，《美术》1958年第1期。

徐灵：《战斗的年画——回忆晋察冀抗日根据地的年画创作活动》，《美术》1957年第3期。

叔亮：《从延安的新年画运动谈起》，《美术》1957年第3期。

刘辉煌：《中国插图史述略》，《装饰》1996年第6期。

杜少虎：《红色经典——油画家孙滋溪访谈录》，《美术观察》2007年第8期。

李松：《一个"残酷"画家的创作思路——关于木刻系列性组画〈血寰〉，和作者程勉同志的通信》，《美术》1985年第9期。

江丰：《回忆延安木刻》，《美术研究》1979年第2期。

彦东：《彦涵艺术的发展和演变》，《美术》2011年第11期。

彦涵：《插图画家的创作态度与作品风格问题》，《美术》1954 年第 4 期。

张庚：《回忆延安座谈会前后"鲁艺"的戏剧活动》，《戏剧报》1962 年第 3 期。

邓中和：《不朽的名著，不朽的插图——〈红岩〉插图创作的前后》，《美术》2016 年第 8 期。

赵昊：《抗战时期〈解放日报〉生产劳动主题美术图像研究》，《美术》2019 年第 9 期。

陈尊三：《心怀大众 道路必广——重读鲁迅〈连环图画辩护〉等文章的体会》，《美苑》1981 年第 6 期。

后　记

　　对插图的兴趣由来已久，儿时翻看"小人书"是启发我学美术的原因之一。后来，我进入中央美术学院版画系插图工作室学习，师从著名插图画家高荣生先生，便确立了插图创作与研究的专业方向。

　　中央美术学院插图工作室是艺术院校中的第一个插图工作室，这也标志着插图被正式纳入高校教学。伍必端、孙滋溪、高荣生三位先生相继主持插图工作室。伍先生擅长木刻，孙先生以油画见长，他们的作品《夏伯阳》《林海雪原》等都是新中国早期文学插图史上的经典。"接力棒"传递到高荣生先生手中，无论是老舍小说插图还是《插图全程教学》，高老师在艺术实践和理论两个方面都深刻影响着插图专业的学生。插图工作室的老师们的艺术生涯涵盖了中国当代文学插图的发展历程，他们的言传身教使我对本民族的文学插图艺术充满自豪和信心。毕业以后，我自觉将插图工作室的传统和理念带入到工作和教学中，这本书便是本人收集、整理、推广本土优秀插图艺术的一个阶段性成果。

　　曾经，高荣生先生建议我着重研究中国现当代文学插图，我对此非常感兴趣，最初的选题便是新中国成立之初的"十七年文学"插图（即人们耳熟能详的"三红一创，山青保林"）。随着研究的深入，高老师认为，在这一时间范围内，除了"主流"插图艺术，还应当注意那些"非主流"的插图。我感觉任务更重了，原先一本小书的计划也随之改变。通过对中国当代插图史和文学史的研读和梳理，有更多的文学插图进入到了我的视野，它们的生成背景、表现题材和形式语言风格迥异，呈现出多样化的面貌。正如高老师所说，增加对于"非主流"插图的研究，才能更全面地反映出新中国成立初期这一特定时空和情境下文学插图的真实面貌。在中国当代文学插图领域，个案研究最为丰富，在社会史、文化史的大背景下考察插图的演进变化也有相当多的研究成果。本书的写作即建立在这些成果上，其中尤以高荣生先生所著《插图全程教学》最使我受益，《插图全程教学》是他从实践到理论之所得，书中关于插图的定位和本体语言的建构意义非凡（插图是一种智性的文图阐释方式，其核心是将抽象的文字内容转化为可视性画面）。他更偏重于当前插图研究中的盲点，如：语言转化（书面语言向视觉语言的转化）和图文关系，这种研究角度启发我参照插图艺术的内在规律，将插图创作的创作程序、传达方式以及应用扩延作为解读画作的切入点，从而对文学插图进行更为细致的解读。此外，高老师强调的"非主流"插图也为我提供了许多可以拓展的空间，诸如通过大量的图像，力求呈现不同群体、不同画种共同参与的现代插图史，探讨不同群体对于同一文学作品的解读与塑造，使本书所探讨的当代文学插图变得丰富和立体起来。

除了我的恩师高荣生先生，这本书的出版还要感谢很多人。伍必端先生在接受我的采访时已年近九十，仍然精神百倍地努力回忆自己和同时代画家的创作历程，他还拿出很多藏画，不辞辛苦地将画作背后的故事一一道来，老一辈艺术家高超的技艺、脱俗的品味、平易的态度、俭朴的生活，都给我留下了难忘的印象。还有画家孙路女士（孙滋溪先生之女）的访谈、邓中和先生的讲座以及我的同事王少梅和杨大禹两位老师的援助，都给予我很大支持。最后拜托文物出版社的王戈编审、宋丹编辑，稿件成书与她们辛勤的工作密不可分，在此一并表示衷心的感谢。

方方

北京印刷学院

2019 年 10 月

作者简介

方方

1979 年生于北京
2005 年毕业于中央美术学院
中国美术家协会会员
现任北京印刷学院设计艺术学院副
教授

成果摘要：
插图《克雷洛夫寓言》《北京城与人》
《燕京山水记》入选第十、十一、十二届全
国美术作品展览
论文《十七年文学插图创作述略》
(《美术研究》, 2014 年)
论文《文字的视觉》(《美术观察》,
2018 年)

北京印刷学院　绘画优势建设专业　项目编号：22150117098